LA ESPADA DE LA
ALIANZA

Para los lectores
de Oregón.
Gracias por tomar su tiempo
y acompañarme a lo largo de esta
historia.

Francisco Rodríguez

2-dic-2015

B DE BLOK

LA **ESPADA** DE LA
ALIANZA

El nacimiento del Rey

Barcelona · México · Bogotá · Buenos Aires · Caracas
Madrid · Miami · Montevido · Santiago de Chile

La espada de la alianza. El nacimiento del Rey

Primera edición, diciembre de 2015.

D. R. © 2015, Francisco Rodríguez Arana
D. R. © 2015, Ediciones B México S. A. de C. V.
    Bradley 52, Anzures, DF-11590, México

ISBN 978-607-480-934-3

Impreso en México | *Printed in Mexico*

A quien pensó en mí desde toda la eternidad

CONTENIDO

AGRADECIMIENTOS

Para mí, escribir esta parte me llena de mucho entusiasmo e ilusión. La historia de los agradecimientos es lo que todos ustedes hicieron para que se lograra este proyecto. ¿De qué serviría escribir si no hay nadie que te lea? ¿Cómo podría seguir adelante el escritor sino no hay alguien que lo apoye?

Así que, mi primer agradecimiento se eleva como incienso a Dios, quien pensó en mí, me dio la vida y me llenó de sus bendiciones. Sé que siempre has estado a mi lado y que eres tú quien me ha permitido ser el único protagonista de mi propia existencia. Gracias por la vida y por la libertad.

También quiero expresar mi más sincero afecto y cariño a mis padres. Esos dos seres que me han dado su apoyo y entrega a lo largo de mi vida. Francisco y Flor, los amo con toda mi alma.

Quiero agradecerte Gerardo de la Rosa porque fuiste tú el primero que sembró en mí el hábito y el gusto de leer. Sin esta práctica no me hubiera encontrado con aquello que soy: un co-creador e imitador del mundo y de su historia.

Carlos Calatayud, muchas gracias por haberme hecho notar que sabía escribir. Aún recuerdo cuando me pediste copia de aquella descripción de un escritorio, aún tengo presente cómo me paré nervioso a leer mi escrito frente a mis compañeros de clase. En ese mismo momento supe que yo quería escribir porque eso me producía un efecto de autorrealización. Así que mi vocación de escritor floreció gracias a tu esfuerzo durante nuestras clases de estilo. Gracias.

José Antonio López Orozco, el día que me diste a leer a quien sería mi padre literario fue un golpe duro. Yo no quería leer a Tolkien. ¿Por qué? No lo sé. No me nacía, pero, pronto me enamoré de sus escritos, de su mitología y de su pensamiento. Muchas gracias por animarme a leer libros que cambiarían no solo mi forma de ver el mundo sino mi vida y la de todos aquellos que toqué con mis letras.

Aún recuerdo la felicidad que me dio cuando volví a recibir el ánimo para volver a tomar la pluma y seguirme realizando como persona y escritor. Jacobo Muñoz, gracias por tu ánimo y esfuerzo.

En mi tiempo en Roma, en donde logré terminar el primer esbozo de mi obra, Juan Pablo Ledesma, tus palabras y tu disponibilidad para leer mis escritos fue con lo que me dio la fortaleza para escribir todos los días.

Gracias Mark Haydu por el apoyo que me brindaste, por ayudarme a encontrar tiempos para dedicarme al arte de las letras.

También quiero agradecerte Giselle Escalante porque me motivaste y enseñaste el camino para que mi obra pasará del cajón al escritorio con la intención de poderla publicar.

Daniel González, gracias por ofrecerme tu experiencia, amistad y, sobre todo, el apoyo que me diste con tu palabra, para mí siempre será algo muy importante en mi crecimiento como escritor.

A mi amiga y primera editora, Itzel Hernández, porque aceptaste el reto de tomar a un nuevo escritor y, sin cambiar mi historia, me fuiste tutelando para lograr alcanzar el grado de madurez que ahora tengo con mi obra, aunque sé que aún me queda mucho por recorrer. Al inicio fue duro, lo sé, aún tenía mucho que mejorar pero gracias a tu paciencia, a tu ánimo y a nuestro trabajo constante, ahora puedo llegar a agradecer a todos los que me ayudaron a llegar hasta aquí.

A Susy, mi querida esposa, te agradezco por ser mi apoyo, mi pañuelo, mi porrista y animadora. Tú me viste recibir muchas negativas y siempre buscaste cómo sacarme una sonrisa y me mostraste que detrás de cada noche estaba el día. Me dijiste que mi libro sí se publicaría a pesar de tantas trabas. Confiaste en mí y ahora *La Espada de la Alianza* es una realidad. Gracias.

También, quiero agradecer a todos lo que por medio de sus palabras, ánimos, abrazos, hicieron que yo no decayese en el intento y lograr llegar aquí: Aaron Durow, Federico Rodríguez, Brendon Brown, Rosa Cano, Simon Cleary, Gustavo Castañón, Andrés Villareal y a quienes de alguna manera me han apoyado: Gracias.

Quiero agradecerte, también, Toño Campuzano por haber tomado mi obra y haber creído en ella. Para mí fueron muchos años en los que luché para que mi obra llegara a manos de tantos lectores amantes de la literatura y de la fantasía. No cabe duda que aunque fui el que dio el último paso en este nuevo inicio en mi vida, fuiste tú el que me extendió la mano para lograrlo.

Ojalá que todos aquellos que quieren cumplir sus sueños conozcan a alguien que también confié en ellos como tú en mí.

Y, sobre todo, mi agradecimiento más importante va dirigido a ti, amigo lector, por prestarme tu tiempo para interesarte en mi historia, por permitirme entrar en tu vida, porque ahora tú y yo formamos parte de una misma historia: la historia de nuestras vidas que se han unido en este preciso momento. Te deseo que este recorrido que hoy inicias llegue a buen término y que pronto estemos juntos en otras historias y aventuras.

INTRODUCCIÓN

DE LAS CRÓNICAS DEL METAGRÁFATA

Corría el año 415 en el Valle de la Sirma, un año después de la llegada de Kyrténebre, el gran dragón, y sus secuaces, los más distinguidos, crueles y poderosos: los vermórum.

En la tierra de Ézneton, los hombres se preguntaban con curiosidad quiénes eran los recién llegados y qué querían ahí. Ninguno imaginaba que no pasarían muchos años para que estos tiempos fuesen grabados en la historia como: el Daño de los hombres...

...pero pronto olvidaron esas épocas. Y así, las Edades Prósperas pasaron a ser las Edades Negras.

El nombre del Error del hombre nació con la aceptación de muchos de los que escucharon al gran dragón Kyrténebre. La fecha exacta que quedó registrada en las Crónicas del Metagráfata fue: 29 de enero del año 415. Aquellos que aceptaron, no solo dejaron de llamarse hombres sino que, además, sufrieron una transformación: sus carnes se volvieron negras como de muerte, sus extremidades aumentaron de tamaño, sus manos se asemejaron a garras, la quijada se les agrandó y los ojos se volvieron rojos como la sangre.

Fue así como nacieron los gramas.

NOTA PARA EL LECTOR:

A continuación se presenta la traducción de una parte de las Crónicas del Metagráfata. Esta sección, pertenece a la «Leyenda del Rey».

Una historia llena de profecías, en donde el destino juega un papel importante, no solo en la vida de los personajes sino en toda la tierra de Ézneton.

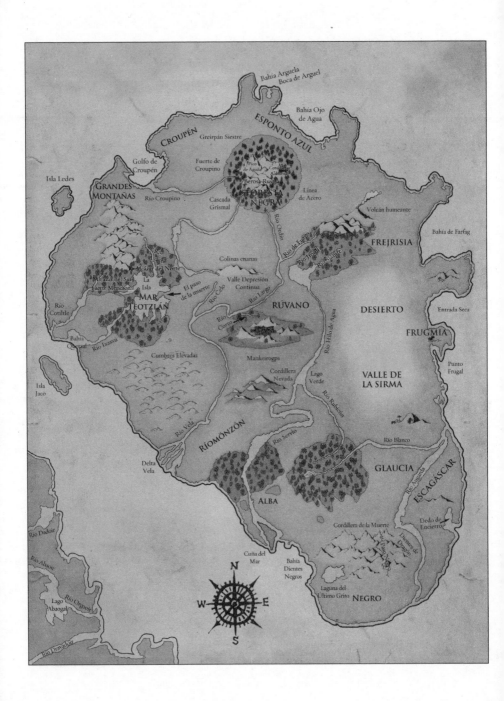

I

LA ÚLTIMA NOCHE DE GLAUCIA

—¡Alerta! ¡Alerta!

La noche y toda la ciudad temblaron con aquel grito. Los glaucos habían soñado este terrible ataque. En el horizonte se podían ver miles de siluetas arrastrándose bajo las alas de la noche. Los gramas habían rodeado la ciudad entera y luchaban entre sí por ser los primeros en escalar las murallas.

—Glaucia debe ser tomada esta noche —se oyó ordenar a uno de los gran gramas, quienes llevaban ese título por ser generales.

Los glaucos corrieron por todos los pasillos hacia las murallas para defender su ciudad. Muchos llevaron arcos y flechas, pero todos sus espadas y escudos. La lucha no tardaría mucho para que fuese cuerpo a cuerpo y ellos lo sabían.

Los primeros gramas lograron colocar sus garras en la cima de la muralla central. El primero en ponerse de pie fue un grama enorme. Lanzó un grito bélico que retumbó en los oídos de todos los que estaban cerca. Repentinamente, su cuerpo cayó inerte fuera de la muralla. Los glaucos habían llegado con el joven Alear, príncipe de Glaucia, a la cabeza. La batalla había comenzado.

—¡Adelante glaucos, adelante! —gritó el príncipe Alear, animando a sus compañeros que venían detrás.

Las flechas volaron en ambas direcciones, unas matando atacantes, otras, defensores. Pronto, el griterío se alzó al cielo con vehemencia y el clamor de los heridos se mezcló con el rugido del hiriente.

La sangre empapó el suelo. El espanto se desbordó en la ciudad.

Una multitud de gramas avanzó y atacó con furia a los defensores de la muralla de la derecha, iban ondeando sus espadas curvas y arrollaban a quienes intentaban defenderse. Al ver la masacre, muchos glaucos que estaban al centro de la muralla se desconcentraron y corrieron hacia allá para contener el ataque enemigo, pero olvidaron cubrir su ubicación.

Los gramas los recibieron con sus espadas de media luna, y continuaron con la carnicería matando a diestra y siniestra, pero tuvieron que retroceder ante el esfuerzo desenfrenado de los glaucos por echarlos fuera de las murallas.

Otro de los gran gramas miró que el centro había quedado desprotegido, el tiempo oportuno había llegado.

—Es hora del ariete —ordenó Óncor, el gran grama.

Unos diez gramas pertenecientes a los titanes llegaron arrastrando una enorme viga de hierro. La punta estaba reforzada con una cabeza de dragón labrada con cuernos. Tanto la estructura donde iba montado el ariete como los mismos gramas estaban fuertemente acorazados. Al llegar a las puertas principales, comenzaron a apretar las cuerdas del ariete. La novedosa tecnología de aquel artefacto funcionaba como si fuese una catapulta que primero se tensa, luego se suelta y arroja con fuerza lo que lleva dentro, golpeando hasta cuatro o cinco veces más que uno normal.

—¡Golpe! —ordenó Óncor.

Los gramas soltaron la tensión y el ariete golpeó una vez más. El sonido fue alarmante.

—¡Golpe! —volvió a gritar Óncor.

El segundo martillazo hizo eco por toda la ciudad. Después, vino un tercero. Al cuarto, el golpe fue en seco. La cabeza del dragón con cuernos dio un quinto y penetró las puertas, haciendo volar en todas direcciones los trozos de madera, como si fuera una explosión.

El ariete no solo hizo posible la entrada a los gramas sino que también ocasionó una herida profunda en el ánimo de los glaucos. No había pasado mucho tiempo desde el inicio de la batalla y los gramas ya estaban dentro de la ciudad.

El príncipe Alear miró a los suyos.

—¡Vamos, miren sus manos! Aún levantan en alto las espadas. Mientras nuestros corazones latan Glaucia no caerá. ¡Valor y coraje! ¡Tenemos que vencer o morir en el intento! ¡Por Glaucia! —exclamó.

El último grito que dio fue tan fuerte que todos los glaucos alzaron sus espadas y corearon:

—¡Por Glaucia!

Y junto con el príncipe se dirigieron hacia la entrada.

La caballería había estado inquieta pero sin poder luchar. Necesitaban salir de las murallas para actuar. Con las puertas destrozadas y los gramas fluyendo hacia la ciudad, como cáncer que invade el cuerpo, era el momento de entrar en acción.

Alear miró hacia atrás e hizo un gesto al comandante de la caballería. Era la orden que esperaba.

Un galopar ensordecedor apareció detrás de los glaucos. Los jinetes sacaron las jabalinas y las pusieron hacia delante levantando una muralla de puntas hambrientas de sangre.

Los gramas quedaron estupefactos. Parecía como si de la nada hubiese aparecido la caballería. Los primeros invasores quedaron rendidos. Los jinetes soltaron sus jabalinas, sacaron las espadas y continuaron adelante, golpeando y aplastando, a diestra y siniestra, con los cascos de los caballos. Los únicos que lograron mantenerse en pie fueron los gramas pertenecientes a los titanes.

Pronto llegó el joven Alear con los demás glaucos.

—Ustedes sigan. Nosotros nos encargamos de estos titanes —ordenó a la caballería. Y sin detener el caballo que venía sin jinete, lo montó en plena carrera. Tomó la jabalina que estaba clavada en el piso y la lanzó contra uno de los titanes. El tiro fue certero. El titán cayó al suelo. Luego, sacó su espada, se acercó a uno de ellos que llevaba un mazo gigante, lo evadió y le rebanó las piernas y cuando cayó le pasó el filo por el cuello. Otros ocho también mordieron la tierra fría, cubiertos por flechas, jabalinas y cortes de los demás glaucos.

Después, Alear se dirigió a las murallas centrales. Necesitaba retomarlas. Ahí se encontró con, Erga y Terga, las dos torres más altas de toda la muralla. Aunque sus defensores seguían en pie en una lucha encarnizada, estaban rodeados por completo.

Al príncipe y a los suyos les tomó bastante esfuerzo acercarse a las murallas. Alear iba a la cabeza, blandiendo su brazo en todas direcciones, mientras se cubría el cuerpo con el escudo. Era la primera vez que el príncipe peleaba en un verdadero combate, a pesar de todo, sabía lo que debía hacer. Habían sido muchísimas las horas que había pasado entrenando y estudiando las artes de la guerra. Además, tenía más motivaciones para mostrarse bravo y aguerrido: tenía que defender no solo el reino sino hacer lo posible para salvar a su esposa Adariel, hija del rey Alancés, había adquirido el título de príncipe por desposarla.

No solo Alear luchaba con esto en su corazón, también el resto de los glaucos, ya que cada uno, sin excepción, debía defender el reino, a su rey y a sus propias familias. Ellos eran mucho mejores en el uso de la espada, el arco y la jabalina que los gramas, pero éstos eran tantos que diezmaban con facilidad a los aguerridos glaucos.

Las flechas continuaron bañando de muerte a las murallas. El príncipe Alear ya había logrado cesar el atosigamiento sobre la torre Erga y había dejado una guarnición ahí. Después, se dirigió hacia la torre Terga. Su paso era seguro, tenía los músculos crispados y había recibido varios cortes en el cuerpo. Tuvo un instante sin que ningún grama lo atacara y aprovechó para limpiarse el sudor de la frente y así ver mejor. Al levantar la mano, la espada destiló sangre.

—¡Adelante, guerreros, luchemos! —gritó con voz fuerte.

Levantó su espada y su escudo y siguió abriéndose paso hacia la torre Terga. Los demás galucos lo siguieron muy de cerca, pero por más gramas que mataban, más salían a cubrir los espacios vacíos que quedaban. Había lugares en donde ya se acumulaban los cuerpos de los gramas, haciendo más difícil el acceso a la torre Terga. Hubo un momento, en que el príncipe Alear no se fijó y al asestar un golpe certero en la cabeza de un grama, él mismo movió la pierna y se enterró la punta de una pica que salía de un cuerpo. Se resistió, terminó de quitarse a otros dos gramas que le llegaban por el flanco derecho y después, con un movimiento rápido se agachó para sacarse el filo.

Cuando por fin habían llegado al pie de la torre Terga, todos se dieron la vuelta para defenderla. Alear organizó su grupo de guerreros. Mandó a dos hombres que levantaran una pequeña muralla a ambos lados con los cuerpos de los mismos gramas. Los demás, se encargaron de protegerlos mientras duraba la maniobra. Pero no lograron terminarla, tuvieron que tomar sus espadas y seguir luchando porque había llegado una oleada de gramas muy numerosa. Fue cuestión de un abrir y cerrar de ojos que el príncipe y seis glaucos aún quedaban con vida.

—¡Tenemos que vencer o morir en el intento! —gritó con furia al ver el inminente fin.

—¡Vencer o morir! —corearon los seis glaucos que aún seguían con vida al lado de Alear.

Entre los siete blandieron con fuerza sus espadas, luchando muy unidos, dando estocadas y cubriéndose para tratar de abrirse paso. Sin embargo, los arqueros gramas no cesaban y pronto tres glaucos cayeron mortalmente heridos. Sus quejidos resonaron en los oídos del príncipe, que por más que quería ayudarlos no podía dejar de luchar. Una jabalina hambrienta voló contra el pecho de otro hombre. Solo quedaban dos glaucos cubriendo la espalda del príncipe. Alear miró a los dos y los alentó con la mirada.

—¡Por Glaucia, príncipe! —exclamó uno de los dos glaucos.

—¡Morir o vencer! —gritó el otro.

Los tres glaucos se lanzaron contra los gramas. Sabían que en breve partirían de este mundo para encontrarse con sus antepasados en el más allá. Alear golpeaba con el filo de su espada, con los codos, con la rodilla, a todo aquel que se le acercaba empujándolo contra los gramas, que ansiosos por seguir matando, lo acuchillaron y dejaron caer muerto. Ninguno de ellos se inmutó.

El príncipe sabía que entre más gramas mataran las posibilidades de salvar la ciudad eran aún mayores. La esperanza seguía latiendo en su pecho. Pero el destino había caído sobre Glaucia y Alear tenía que aceptarlo.

Un grama lanzó una poderosa daga directo al corazón del príncipe Alear, pero uno de los glaucos la vio venir y se interpuso. Toda la hoja hasta el borde de la empuñadura le penetró en el corazón. El glauco quiso mantenerse en pie, pero cayó sin vida. Otro grama arrojó una jabalina y se enterró en el costado derecho del príncipe, quien sintió que el aire le faltaba y que los pulmones no querían respirar más, pero siguió luchando, aunque ya no podía levantar tanto su espada. Al otro glauco le hicieron una cortada profunda en el brazo que sostenía el escudo. No pudo sostenerlo más y lo dejó caer. Alear se colocó a su izquierda para cubrirlo y seguir luchando.

Aunque los defensores de la torre Erga ya se habían dado cuenta de que su príncipe estaba solo, no podían hacer nada porque la torre Terga era ya de los gramas, y Erga estaba a punto de serlo.

Uno de los gramas titanes bramó al ver que eran tantos y aún no podían matar a los dos defensores que seguían en pie junto a la ya tomada torre Terga.

—Sanguinarios, ¿qué hacen ahí? ¡Mátenlos!

Los gramas cercaron más al príncipe y al otro glauco. Al ver que esgrimían la espada con destreza haciendo casi un muro impenetrable, comenzaron a lanzarles dagas y jabalinas. Una de éstas hizo resbalar al último glauco acompañante del príncipe y cayó. Alear intentó incorporarlo pero una pica le ganó arrebatándole la vida de su compañero. Se quedó solo y rodeado por los gramas. En ese instante, la noche lucía su punto máximo.

Mientras tanto, la caballería había arrasado con los gramas que estaban dentro de la explanada de la ciudad. Óncor convocó a varios de los grupos de extramuros para arremeter de nuevo y recuperar la entrada a la urbe. El doble de agresores reapareció frente a la entrada. Sus espadas curvas rutilaron con salvajismo a la luz de la luna llena. La caballería se vio forzada a retomar su formación y encarar a las nuevas huestes gramas.

—¡No dejen que salgan! —gritó Óncor a los suyos.

Al instante, cientos de gramas se alinearon formando una pared sin miedo a enfrentar a la caballería glauca.

Óncor escaló las murallas principales quedando justo entre las torres Erga y Terga. Vio con regocijo que la torre Erga estaba por ser tomada, pero que aunque Terga parecía que ya era suya, había mucho alboroto. Pensó que los gramas habían entrado en alguna riña por el botín. Así que se acercó dando gritos a todo pulmón. Al ver que el problema era un hombre solitario que parecía dispuesto a no morir y a matar a todo el ejército grama ahí mismo se puso furioso.

—¡Alto!, todos. ¿Cómo es posible que tantos gramas —agregó con desdén— sean domados por un solo glauco. ¡Mírenlo!

Alear aprovechó ese momento para tomar aire y quitarse la punta que llevaba aún clavada en el costado con un movimiento rápido, sin quitar la mirada en los gramas. Se limpió la sangre y el sudor de la cara y se acomodó mejor para el combate.

Uno de los gramas se sintió ofendido ante las palabras de Óncor.

—Yo me haré cargo de este hombre —le respondió a Óncor, levantando la curva de manera amenazante contra él— y después, de ti, Óncor.

—Entonces —dijo Óncor a manera de burla—, que sea un duelo. Ninguno de nosotros se meterá.

Después, Óncor se dirigió a Alear, sin saber que era el príncipe de Glaucia.

—Tendrás una batalla justa contra este gran grama.

El joven Alear tomó su espada y al dejarla limpia de la sangre de batalla, un grabado relució en la empuñadura: *anx*, era el nombre de la espada.

A la orden de Óncor, los gramas se recorrieron unos pasos hacia atrás. El gran grama que iba a luchar en duelo a muerte contra el príncipe caminó hacia adelante, iba tocando el filo de su espada con los dedos y para probarlo masacró un cuerpo ya sin vida de un glauco. Alear se enfureció ante tan abominable gesto.

Óncor junto con los demás gramas se quedaron mirando el duelo, aunque ninguno envainó su espada.

Alear se lanzó con vigor contra el gran grama. Las hojas chocaron y sacaron chispas. Ambos atacaban y se defendían. El trillar de las espadas era rápido. Alear intentaba hacerlo retroceder pero el gran grama no daba ni un paso atrás. El sudor volvió a correr por sus frentes. El gran grama logró arremeter con fuerza contra el príncipe, quien colocó el escudo para protegerse. El golpe fue tan fuerte, que Alear sintió que le había roto alguna parte del brazo. Así que soltó el escudo y el dolor cesó un poco, pero también hizo que se aligerara más y así pudo ser más veloz. El gran grama arrojó también su escudo para poder igualar la agilidad del glauco. Ambos eran diestros en el uso de la espada, no por nada él era un gran grama y Alear era príncipe de una de las ciudades más poderosas de la tierra Ézneton. Parecía que habían levantado una muralla entre ambos contrincantes, ya que el movimiento veloz de sus espadas no dejaba que ninguno de los dos se acercase al otro. El príncipe, al ver que no lograba que el gran grama retrocediese, tras parar una estocada contra el hombro, se aventó hacia los pies del gran grama con la espada en alto. Antes de caer, viró el cuerpo hacia la izquierda y le penetró el costado. Quien en un último esfuerzo, acometió contra el príncipe, pero solo logró cortar el aire. Alear sacó la espada y decapitó a su contrincante. Fue entonces, que un grama incumplió la promesa hecha por Óncor y arrojó contra la espalda del príncipe una certera jabalina. Alear se desplomó cerca de la torre Terga. Empuñó su espada con la poca fuerza que le quedaba. Dirigió una mirada triste hacia la ciudad y hacia el castillo.

Lo que contempló fue a una ciudad aun luchando con la esperanza de obtener la victoria. Quiso levantarse. Se apoyó contra la espada, pero se volvió a desvanecer. Miró una vez más el castillo y sintió que una fuerza nueva le vigorizaba el cuerpo, pero era solo una ilusión, su cuerpo ya no le respondía.

Óncor, sin saber a quién tenía en su poder, le dio el golpe de gracia al padre de quien el destino había cantado su gloria desde las mismas Edades Negras.

Un silencio casi palpable flageló el corazón de los glaucos. Los hombres de la caballería vieron desde lejos cómo Alear había caído. En cuanto lo vieron quisieron acercarse, pero las hordas de los invasores no les permitieron el paso. Era imposible salvar al príncipe de Glaucia.

Óncor, el gran grama, al enterarse de que a quien tenía bajo sus pies era el príncipe de Glaucia, se acercó e intentó recoger la espada de Alear, pero la tuvo que arrojar al instante moviendo la mano como si la espada *anx* lo hubiese quemado.

Con la muerte del príncipe llegó una neblina a la ciudad que dificultó aún más la batalla. Y con ello se fue yendo, del corazón de los glaucos, la esperanza. Llevaban apenas unas horas de batalla y la noche parecía no querer avanzar y se esforzaba por transcurrir lo más lento que podía, como si estuviese cargando con el peso del destino mismo.

El gran grama Óncor tomó su espada curva y pasando por encima del cuerpo del otro gran grama, saltó dentro de la ciudad para continuar el ataque.

Aunque Glaucia no tuviese ya sus puertas principales, y las torres Erga y Terga habían sido tomadas, aún lucía sus esplendores de antaño.

La ciudad había sido construida sobre roca viva. Sus enormes murallas edificadas desde los tiempos de las Edades Negras aún seguían inquebrantables; estaban unidas entre sí por doce soberbias torres, dos de ellas Erga y Terga. Durante el día, la piedra blanquecina daba la sensación de estar en llamas al relucir con los resplandores del sol. Por la noche, rutilaba con suavidad y se cubría con destellos de plata a la luz de la luna. Sus calles, bien trazadas, daban paso al viajero por toda la ciudad. Al centro, serpenteaba una avenida que subía hasta el castillo real. Desde donde dominaban grandes torres y una magnifica atalaya sobresalía de las demás.

En aquella atalaya la silueta de un legendario hombre permanecía de pie y miraba todo desde el balcón; se dice que era más un viajero que un sedentario; ahí estaba el rey Alancés. Por lo general, ni sus propios consejeros conocían el porqué de tantas idas y venidas a los diferentes reinos. Pocas le veían vestido con el manto de seda, pero siempre llevaba puesto un cinturón de cuero, que hilvanaba la leyenda del Rey con pequeñas figurillas doradas.

Había estado contemplando la batalla, meditando y preguntándole a su corazón si era el destino el que acechaba la ciudad. Sabía que el futuro estaba totalmente fuera del alcance de sus manos, ya que es siempre incierto, escurridizo y sorpresivo, pero aun así no quería aceptar que la hora había llegado, no tanto para él sino para su hija. Un crujido en la puerta llamó su atención. La princesa Adariel se acercó con paso firme hacia su padre, pero al pasar por la mesa de su padre, un papiro arrugado y deteriorado, más por el uso que por el tiempo, llamó su atención. Ahí estaba la profecía que había sido pasada de generación en generación gracias a un hombre viejo y ciego que la había transcrito desde el día en que apareció en el cielo.

Ahora la joven vuelve y con ella, el niño que está por nacer viene. Ahora, solo tú, mujer joven y bella, vuelve con oro en tu seno.

Ven y regresa al pueblo el hijo por los siglos prometido a esta tierra que triste gime y llora.

Sabemos que estás de tu tierra exiliada, pero a nosotros tráenos al dueño de la paz.

Y con él, ríe y alégrate en su venidero nacimiento, aunque tierno e indefenso te parezca en sus ropajes de bebé envuelto.

Queremos que nazca el nuevo retoño real, que ante él todo hierro, riña y engaño doblen la rodilla.

Que nazca el río de oro y florezcan a sus flancos las riberas de sol, porque en él veremos las más grandes cimas mezcladas con simas y a la presa durmiendo con el cazador.

Sobre él caerán las hojas olivas y el cetro imperial. Él quitará la espada de oprobio que amenaza a los hombres y los sentará ya no en tronos perecederos, sino en eternos primaverales.

Todo esto pasará después de que la sangre purifique la tierra y el cielo se renueve con aires más limpios y frescos.

Lo que nunca fue visto ni oído se verá y escuchará. ¡Edades y tiempos!, ¡siglos y eternidades!, canten y regocíjense en la esperanza, ya que estos males pasarán, que no hay mal que venga sin que mayor no siga la venidera gloria.

Mirad, se acercan y llegan los tiempos, que las tierras rujan, los cielos lluevan fuego y los hombres se unan. Los grandes y pequeños, los jóvenes y viejos, todos su espada a empuñar que el tiempo los llama a luchar los unos contra los otros, o si los corazones se someten ante el rey tan admirable, todos batallarán como uno y para siempre se librarán del yugo del mal.

Cuando la princesa Adariel terminó de leer la última palabra, notó que tenía el cuerpo tenso y un escalofrío la invadía de los pies a la cabeza. Su padre, el rey Alancés, se encontraba a su lado mirándola como quien mira un campo cultivado con esfuerzo y ha llegado el momento de cosecharlo.

—Nunca me imaginé que llegaríamos a tomar medidas extremas —suspiró el rey mirando hacia el balcón.

—Siempre me preparaste para cualquier evento que deparase el destino —le dijo acariciándole el brazo. Le tomó la mano y lo miró directo a los ojos.

La princesa Adariel notó que la mirada de su padre estaba llena de sentimientos tan distintos, tan encontrados.

Después de un profundo respiro y una leve sonrisa el rey habló:

—En eso tienes razón. Tienes todo lo necesario para ser una de las reinas que jamás hayan existido y existirán. Sabes de la defensa cuerpo a cuerpo, el uso de la espada y el arco. Cabalgas como muchos de mis mejores jinetes. Eres la mujer más hermosa que conozco y, sobre todo, tienes un corazón tan grande que toda la tierra Ézneton cabe dentro, además de haber alcanzado una sabiduría mayor a la de cualquier joven de tu edad. Sin embargo, tienes que ser más prudente, en especial con tu carácter. Eres muy fuerte y es bueno que lo seas. Los tiempos así lo requieren, pero nunca te olvides de que eres una mortal y cualquier cosa que tú exijas a los demás, primero debes exigírtelo a ti misma.

El rey Alancés tomó el candelabro que estaba junto a la mesa y caminó por la estancia. Se acercó a un librero y de ahí extrajo una cajita, muy sencilla de madera, que contenía algo más valioso que todas las riquezas de la tierra entera.

—De ahora en adelante tendrás que ser como esta pequeña caja que te voy a entregar. Sabes bien que llevas en ti a quien por todas las generaciones y los mismos cielos han cantado y hablado, y el destino así ha deparado.

—Ha llegado el momento de que recibas el diamante herido, mismo que ha permitido que no se haya perdido la estirpe real. Ábrela.

De la caja la princesa le entregó a su padre una talega de cuero, que tenía un cordón para poderse colgar al cuello, de ahí el rey sacó un lienzo de seda bordado con una leyenda en letras de oro que decía: «La esperanza surge de las cenizas».

—Nuestros antepasados fueron sabios y conocían el corazón de los hombres e incluso la ceguera que padecen los tiranos como el gran dragón Kyrténebre. En lugar de hablar abiertamente del paradero de cada una de las Siete Piedras Preciosas, la Giralda y de la profecía, dejaron que la verdad pasase a todos los confines de la Tierra en forma de mitos que después se convirtieron en leyendas, y por último en cuentos de niños para dormir. Todos tendrían que saber los hechos y la profecía pero ninguno debía de conocer con exactitud el paradero de las piedras preciosas y de la Giralda, porque el gran dragón

Kyrténebre es astuto y tiene espías por todos lados. Lo que se contó en tiempos de la traición, y que la mayoría tomó como verdad, fue que las siete piedras y la espada habían sido destruidas, incluso Kyrténebre lo creyó.

En aquellos tiempos el traidor intentó huir con el diamante, ultrajado por sus mezquinas artimañas, al instante, los guardianes de la Giralda y de las Siete Piedras Preciosas, Ergo perteneciente al reino de Rúvano y Tergo al mar Teotzlán, lograron detenerlo perdiendo sus vidas en el combate, justo en donde ahora se levantan nuestras más soberbias torres Erga y Terga, nombradas en su memoria.

Ante el peligro inminente de que el gran dragón intentase arrebatarnos el resto de las piedras preciosas, cada reino decidió tomar su propia piedra y esconderla cada uno a su manera. El secreto se guardó con tanto esmero que muchos reyes de nuestro tiempo aseguran que las piedras y la espada, e incluso la misma profecía, no son más que cuentos para niños.

El rey desveló con mucho cuidado el diamante herido quitando la tela de seda con la punta de sus dedos como si se tratase de un bebé indefenso y malherido. Cuando quedó expuesta la piedra, el rostro del rey entristeció. Se imaginó cómo habría sido la gloria del diamante en el esplendor de las Edades de la Alianza. La princesa Adariel percibió el pesar de su padre.

—Me hubiese gustado… —dijo el rey, pero pronto calló. Sabía que cada hombre que nace sobre la Tierra tiene su propia misión y él estaba por cumplirla.

—Papá —le dijo Adariel intentando consolarlo.

El rey la miró directo a sus ojos dorados como la miel, que siempre le recordaban a su esposa. Envolvió de nuevo el diamante que estaba pálido y frío como si estuviese muerto. Lo colocó de nuevo en la talega y se la colgó a la princesa Adariel en el cuello.

—Cuida del hijo de tus entrañas y de la piedra preciosa con tu propia vida.

Ella escondió la talega bajo sus ropas.

—El tiempo apremia y debes marchar al amparo de la noche.

—Lo sé, pero tengo miedo.

—Hija mía, no es malo tener miedo. Es normal. Nadie obtiene la gloria sin vencer sus miedos.

—No quisiera partir sola.

—Es la única opción que tenemos. El sapiente Sénex Luzeum, mi mentor, me dijo que tú, como madre de aquel que anuncia la profecía, debes entrar sola a Mankeirogps y ser probada como el oro en el crisol para demostrar tu dignidad real delante de nuestros antepasados.

—¿Sabes en qué consistirá la prueba? —preguntó.

—Nadie lo sabe. A cada quien se le prueba diferente. Solo recuerda que las historias cuentan que nadie que ha pasado la noche dentro de la muralla Kérea ha vuelto a salir. Mankeirogps es una necrópolis peligrosa.

Ella cerró los ojos intentando no demostrar lo sola y desprotegida que se sentía. El rey la abrazó con fuerza.

—Saldrás adelante —le dijo a manera de esperanza—. Ya después podrás dirigirte al reino de Rúvano para pedirle consejo al sapiente Sénex Luzeum.

—¿Cómo sabré quién es o cómo me reconocerá? —le preguntó con incertidumbre— Sabes que nunca nos hemos visto.

—Sé que nunca quiso que se conocieran.

—No entiendo por qué.

—Tampoco yo lo entiendo. Solo el sapiente Sénex Luzeum sabe el porqué, pero tú no debes de preocuparte. Él te reconocerá. El día que naciste, estaba a punto de enviarle la noticia cuando Viátor, su águila blanca, me trajo una nota felicitándome por tu nacimiento y pidiéndome que lo viera lo más pronto posible. Yo me quedé sorprendido, aunque él conocía más o menos cuando tu madre te daría a luz, leyó los signos de los tiempos y supo que la profecía estaba por cumplirse. Cuando por fin nos encontramos me dijo cómo debía educarte. Yo le rogué que él mismo fuera tu mentor, se negó diciéndome que no era conveniente en ese momento, que el tiempo le diría cuándo. Y así será, hija mía. Él reconocerá tu presencia y sabrá tu nombre aunque tú te disfraces y veles tu verdadera identidad. Antes de que se me olvide, —el rey camino hacia un arcón, lo abrió con cuidado y sacó un frasco de cristal sellado— se llama agua *lacrimórum*, me la dio el sapiente Sénex Luzeum.

—¿Qué es el agua *lacrimórum?* —preguntó la princesa Adariel.

—Son lágrimas de los grandes reyes de antaño. Fue un regalo del sapiente Sénex Luzeum y sus palabras fueron: «Que estas lágrimas sean luz entre las tinieblas, fortaleza en las debilidades, guía en los tortuosos caminos de la vida, auxilio en medio de las dificultades. Que permanezcan cerca, muy cerca del corazón». El destino te dirá cuándo utilizar el agua *lacrimórum* y para qué—. La princesa Adariel tomó el frasco y lo guardó entre sus manos.

El graznido de una explosión entró por el balcón. El rey miró hacia el campo de batalla, tenía que partir a dirigir sus tropas. Debía ganarle tiempo a su hija.

—Los gramas se han fortalecido lo suficiente como para hacernos pasar a la historia —le explicó—, pero no han sido precavidos. Su victoria será pírrica y esto dará tiempo a los demás reinos para que se preparen y se den cuenta de lo que ya les he venido advirtiendo desde mucho antes de que yo fuese el rey de Glaucia.

Kyrténebre, el gran dragón, después de su gran derrota no se marchó de Ézneton sino que permaneció oculto detrás de sus murallas. Sin duda alguna, es el ser más astuto que habita esta tierra. Se tiene conocimiento de que llegó a Ézneton desde las Edades Negras, pero nadie sabe ni de dónde vino ni desde cuándo existe. —Presentí que tendría que enfrentarme a él en batalla, pero nunca imaginé cuán grande sería su ejército.

Cuando ella vio los surcos que se le hacían en la frente y la preocupación en sus ojos, se atrevió a preguntarle.

—Tú, ¿a qué le temes?

—A la incertidumbre que te da el no poder cambiar el destino —dijo determinado pero ya dispuesto a aceptarlo y a advocar por él—. Por más que había buscado proteger mi reino para que nunca llegase el momento de que partieras sola a Mankeirogps, ya que me hubiese gustado acompañarte. Por ser estirpe real tengo el derecho de estar a tu lado cuando entres en la necrópolis Mankeirogps, aunque tampoco te hubiese podido acompañar más allá de la muralla Kérea. Te repito, tú sola tienes que entrar. Con todo, mi deber en este momento es darte tiempo para que escapes. Kyrténebre me quiere vivo.

Además, ya conoces las intenciones que yo tenía planeado con todo el reino. Cómo lo dividí en dos: por un lado Glaucia, la ciudad Blanca, y por otro, Alba, la ciudad del Unicornio.

—Comprendo y recuerdo bien que tu plan consistía en poner a Arqueo, mi hermano mayor como rey de Alba.

—Sí —dijo suspirando—, pero tu hermano murió antes de que lo coronara como rey o dejase descendencia. Y ahora no sé si tu hijo tomará la corona de Alba. La profecía no lo dice, y esta guerra ha frustrado mis planes.

El sonido de otra explosión hizo que el rey Alancés diera término a su conversación.

—Hija mía, tienes que partir. Vístete las ropas que te dará la doncella que te sustituirá y entrégale las tuyas. Y creo que sería bueno que de ahora en adelante te dejes el cabello suelto, hace que te veas muy diferente. Te espero en el establo, ya todo está preparado para tu partida.

El rey salió erguido de la sala, a grandes pasos seguros, como si su edad no le pesara y sus largas travesías por toda la Tierra no lo hubieran cansado. Era un hombre decidido y siempre supo qué camino tomar, y aunque las decisiones no siempre le fueron fáciles, jamás desfalleció en ellas.

Tras la muerte del príncipe Alear, un torrencial se desplomó sobre la ciudad, como si el cielo se estremeciese de ver el sacrificio de tantos hombres, pero no por ello innecesario. Con la lluvia se presentaron dificultades en el campo de batalla, el piso se volvía más resbaladizo y las armaduras más pesadas, la vista era cegada y el cansancio al levantar los pies era mayor. A pesar de ello, los sables siguieron ondeando, las espadas atacando, las picas penetrando y los glaucos mostrando su reciedumbre y gallardía. No había ni hombre, mujer, niño o anciano que no estuviese esforzándose durante la defensa de la ciudad Blanca. Algunas mujeres y ancianos se encargaban de atender a los heridos, otro grupo de ancianos y niños proveían de flechas a los arqueros; los niños más veloces la hacían de mensajeros entre los generales. Sin embargo, el momento había llegado: todo aquel que fuese capaz de levantar un arma lo haría. Muchos ancianos tomaron las alabardas de las procesiones y sus espadas para lanzarse a la guardia de la ciudad que les abrió sus tierras para que nacieran y que ahora los recibía en su último suspiro. Los niños cargaron con lanzas y facones hechos a su medida. El fin de la batalla se acercaba.

Cuando la princesa Adariel llegó al establo con sus ropas de viajera y el cabello suelto cubriéndole parte del rostro, el rey Alancés la esperaba junto a Céntar, un magnífico ejemplar de los antiguos caballos, cuya raza había sido casi extinta. Su exuberante fuerza contrastaba con la mansedumbre y docilidad con que obedecía al jinete. Su tamaño era superior a la de cualquier otro caballo y sus crines nocturnas brillaban al igual que su piel azabache.

—Hija, tienes que apurarte. El tiempo está encima de nosotros. Cabalga más rápido que el viento y la lluvia —le dijo y luego se acercó a ella para darle un fuerte abrazo y al separarse agregó: —Hija, si tú logras escapar, nuestra defensa no será en vano y nuestra sangre no será derramada sin gloria eterna.

El rey Alancés ayudó a su hija a montar el caballo. Después, se dirigieron por entre un jardín flanqueado por toda clase de flores y arbustos hasta llegar a la muralla, en donde la pared se levantaba alta y fría.

—Glaucia da paso al rey, soy tu rey Alancés quien te lo ordena —siseó el rey junto a la muralla.

La figura de una enorme puerta brilló en la oscuridad quedando impresa sobre la pared. Con un movimiento se abrió sola dando paso al exterior de la ciudad.

El rey le explicó:

—Ésta es una de aquellas puertas ocultas que los reyes usaban para sus travesías. La mayoría de las veces para situaciones secretas o de peligro. Nunca imaginé que algún día la utilizaría en un momento tan grave e importante como éste.

Ella le preguntó:

—¿La has usado, papá?

—Muchas veces.

—¿Para qué?

—El tiempo te lo hará saber —le contestó con la mirada perdida en los recuerdos.

El rey Alancés evocó sus idas y venidas por esa puerta. Estaba a punto de desvelarle una aventura cuando unos gritos los hicieron temblar. Creyeron que habían sido descubiertos. El rey volteó en todas direcciones. No vio nada. El eco de la gritería se desvaneció.

—Hija, vástago de mi descendencia. El momento ha llegado. Sobre ti pesa el futuro de todos. Éste es un camino que solo tú puedes recorrer. Esta aventura es tuya, nadie la puede realizar en tu lugar. Atravesarás ríos, montañas, valles y abismos. El peligro se arrastrará tras de ti para atacarte. La oscuridad te perseguirá. Kyrténebre algún día se enterará de que sobreviviste y querrá matar a tu hijo. Estará como león rugiente rondando, esperando su nacimiento para devorarlo. Pero sé que tú no lo dejarás. Estoy seguro de que ni siquiera su hálito inmundo rozará la tez del pequeño. Frustrarás sus intentos de exterminar con el anhelo de mejores tiempos. Sé que el diamante herido está en mejores manos... eres la única y última esperanza de Ézneton.

La princesa Adariel no pudo dejar de mirar hacia la parte, aunque estaba oculta por el castillo, en donde los glaucos daban su vida por ella. Dejó salir las lágrimas. Glaucia había sido su cuna y ahora se convertía en la tumba de su padre, de su esposo Alear y de todo lo que había amado.

El rey Alancés azuzó al caballo Céntar y éste atravesó la muralla de Glaucia a pleno galope. Frente al monarca, la puerta se cerró y reapareció la pared fría. Lo último que la princesa oyó decir a su padre fue:

—Ve y cumple con tu destino.

En la ciudad, los gramas iban avanzando sin muchos tropiezos. Su superioridad numérica se imponía. Habían logrado adentrarse tanto que incluso en algunos lugares ya habían comenzado el saqueo. Los gran gramas también sufrían del desenfreno de la muchedumbre de sus tropas y eran los primeros en arrasar y quemar todo lo que quedaba sin miramiento alguno.

El resto de la caballería logró reagruparse. Convocaron a gente de la infantería y volvieron a hacer líneas, en donde se podían ver niños, mujeres y ancianos peleando al lado de los hombres de guerra.

—¡Vamos! —gritó uno de los generales.

Los glaucos golpearon sus espadas contra los escudos. El golpe fue al unísono. Después, alzaron sus hojas y se arrojaron contra los gramas.

Óncor observó el movimiento glauco. Vio cómo las líneas de los hombres venían a manera de puntas de flecha y estaban penetrando sus filas como si fueran cuñas.

—¡Rápido!, quiero a los arqueros sobre las casas. ¡Suban! Más rápido.

Cuando vio que llegaban los primeros a las azoteas de las casas, ordenó:

—¡Disparen a voluntad! —y como fuera de sí, añadió— No paren aunque vean a los nuestros ahí metidos.

Sus arqueros empezaron a lanzar nubes de flechas. Eran tantas que cubrieron el horizonte, con todo, los jinetes de Glaucia no cedieron ningún paso y continuaron cabalgando hacia delante.

La infantería los siguió detrás haciendo estragos con todos los que intentaban traspasar la línea equina a través de los huecos hechos por los caídos.

—¡No dejen de disparar! —gritó aún más enfurecido Óncor.

Sus flechas iban abriendo grandes boquetes entre las líneas de los glaucos.

El rey Alancés regresó a su atalaya. Entró en sus aposentos. Abrió un enorme arcón. Tomó su armadura de antaño, bañada en oro y brillante como si tuviese vida. Se la vistió. El hombre, aunque viejo, volvió a lucir como un gran guerrero.

—Siento renacer sobre mi pecho la juventud con su agresividad ante el peligro y su coraje ante los grandes retos —comentó el rey para sí al empuñar su envainada espada.

Salió de la estancia con precipitación. Guió sus pasos hacia el establo. Montó a su caballo. Desde ahí, miró por última vez la muralla que ocultaba el camino de su hija.

—¡Adiós, hija mía! ¡Que los cielos te protejan! —gritó en aquella dirección.

La voz del rey desgarró el cielo nublado. Su caballo relinchó al sentir cerca la batalla. Cabalgó a toda velocidad hacia el salón en donde estarían reunidos sus consejeros y algunos guerreros de su guardia personal.

Cuando llegó no quiso bajar de su montura y pidió que los demás subieran a sus caballos y le informaran de la situación sin ninguna tardanza. En sus rostros notó el ánimo de quien sabe que va a morir y que a pesar de tener conocimiento está dispuesto a hacerlo.

—Nuestra hora ha llegado —dijo mientras desenvainaba su espada dorada con incrustaciones de plata— vamos hacia el grueso de la batalla. Mostremos a nuestro enemigo con qué clase de hombres se enfrentan.

El rey Alancés se lanzó al frente cabalgando a toda velocidad. Los demás lo siguieron por los costados. Grandes nubarrones prolongaban la noche sobre Glaucia. Sus habitantes luchaban contra la desesperanza, todo parecía haber perdido el color. Nada parecía tener ya sentido. De pronto, una luz resplandeció en medio de la oscuridad, era como un claroscuro en medio de la más apretada foresta. El rey Alancés, junto con su séquito de batalla, apareció por la larga avenida. El fulgor de sus ojos embraveció a los agotados sobrevivientes, que todavía luchaban en pie, con los puños cerrados sobre sus espadas.

—¡Nuestro rey! —corearon los glaucos con fuerza—¡nuestro rey!

Y como si hubiesen vuelto a renovar sus energías. Se reorganizaron bajo la orden del rey.

La lucha se extendió. El rey Alancés con todo su séquito se metió en la primera línea. No eran muchos los que quedaban vivos. Poco a poco, los hombres comenzaron a gotear sobre el suelo. Uno a uno iban cayendo. Sus vidas destilaron con lentitud. Cada frente que besaba el suelo, portaba la corona del honor y la gloria de haber muerto por Glaucia, la ciudad Blanca.

Y así, todos cayeron hasta que quedó solo el rey Alancés. Su bravura era tal que mantenía a los gramas en vilo. Luchaba a brazo partido, blandiendo su espada y partiendo las filas enemigas. Un grama trató de acometerlo por la espalda. Él logró ver el ataque cobarde, se movió a un lado y con un rápido corte lo mandó a la región de los muertos. Una plaga de invasores se abalanzó contra el rey, pero él los arrojó de sí. Lo volvieron a encerrar, pero se lanzó contra ellos, abriendo una brecha con el caballo y esgrimiendo su espada. Una flecha voló, el rey al verla la esquivó, pero otra alcanzó a atravesar el cuello de su caballo.

El rey rodó por el suelo. De su frente manaba sangre. Y su cuerpo estaba cubierto de heridas.

—¡¿Piensan que derrotaron a Glaucia?! —gritó—. Sepan que ¡no! Quizá mis hombres ya no respiran más, pero ninguno vive ni vivirá bajo la esclavitud de Kyrténebre. ¡Viva Glaucia!

El rey se arrojó contra los que lo rodeaban. Algunos gramas más cayeron a merced de su espada. Pero al final, él también cayó en su poder.

II

FRENTE A FRENTE

Aunque no podía caminar bien por los grilletes que le ataban los tobillos, con muchas heridas que le cubrían el cuerpo, lodo en el rostro y la armadura sucia, el rey Alancés no perdió su postura ni dignidad. Él siguió caminando por el ala central del enorme palacio frío y oscuro del poderoso Kyrténebre, aunque no podía ver nada porque le habían puesto una capucha cegándolo por completo.

Dos gramas pertenecientes a los titanes lo flanqueaban a cada lado y en frente de él caminaba Óncor. Aunque tenía la visión vedada, era imposible ignorar la presencia de un ser poderoso, tan fuerte era su presencia que no pudo percibir que los gramas se habían ido y lo habían dejado completamente solo frente al enemigo más temido y el que había maldecido a la raza humana desde su llegada en las Edades Negras. Sabía que ningún ser viviente sobre Ézneton había jamás levantado la mano en su presencia y nunca lo harían si no fuese por la profecía.

Cuando sintió que las ataduras de las manos se le cayeron por sí solas, continuó sin moverse. Pero una voz en su interior le obligó a quitarse la capucha.

Lo primero que distinguió frente de sí fue la silueta de un hombre con rasgos de dragón, tanto en el rostro como en las extremidades del cuerpo. Su piel parecía acorazada y tenía un color que absorbía todos los colores dejando ver el negro en su más pura expresión. El rey Alancés no podía saber si lo que miraba era un cuerpo que se podía palpar o si era solo una figura efímera que había adquirido esa forma. Estaba sentado sobre un trono dorado y brillante, y detrás de él la pared parecía ser el espacio mismo.

Al inicio no quiso mirarlo directamente pero el momento en que por fin se encontrara cara a cara con aquel tirano que acababa de destruir su reino y que haría lo mismo con el resto de los reinos había llegado.

Cuando sus ojos cafés se toparon con los de Kyrténebre los volvió a evitar, sabía que el gran dragón no era un simple mortal. Tuvo miedo de poder leer en sus ojos la verdad sobre cómo había logrado salvar a su hija Adariel junto con el hijo que llevaba en su vientre y al diamante herido que tantos problemas había ocasionado en el pasado al estar junto a las demás piedras preciosas en la espada de la alianza, la Giralda.

—Mírame a los ojos —le ordenó Kyrténebre. Pero Alancés no escuchó sus palabras con los oídos sino más bien fueron palabras que sintió que le retumbaron dentro de su mente.

El rey Alancés tomó valor y levantó poco a poco su mirada hasta que se topó con los ojos del gran dragón. Primero vaciló en si mover de nuevo su vista, el corazón le palpitaba tanto que si no fuese por la armadura seguramente le habría traspasado el pecho. Notó que le costaba respirar, aunque el aroma que percibía no era desagradable sino resultaba hasta atractivo al olfato, pero la atmósfera estaba cargada con la presencia del gran dragón.

Al fin, logró mantener sus ojos fijos en los de su acérrimo enemigo. Al hacerlo, sintió que los grilletes de los tobillos se le caían.

—Como ves, no tienes por qué ser un prisionero en mi reino —le dijo Kyrténebre, pero el rey observó que su boca no se había movido, sino que todo se lo decía directamente a su mente. Aunque la voz de Kyrténebre era profunda y feroz, la sutileza con la que hablaba le hacía alzarse como la de cualquier otro gran soberano de Ézneton, que parecía que lo único que le preocupaba era el bienestar de su pueblo y sabía tratar al adversario con respeto y admiración. Pero el gran dragón era viejo, quizás más viejo que el mismo hombre y sabía esconder su furia, su odio, su rencor tras el tono frío y a la vez seguro de su voz, incluso hasta parecía ser amable y razonable.

El señor de la ciudad Blanca frunció el ceño. No se dejaría llevar por buenos modales hacia su persona cuando Glaucia acaba de ser arrasada y la historia mostraba los hechos de cómo era el gran dragón. Así que siguió en silencio.

—Siento mucho tu estado actual —insistió Kyrténebre—, puedo hacer que mis siervos te bañen y te curen en este mismo instante.

Alancés permaneció callado.

—No es bueno que un gran rey como tú luzca de esta manera tan deshonrosa.

—El honor de un rey —respondió Alancés— es ver por el bienestar de su gente y cuando el tiempo así lo requiera luchar brazo a brazo junto a sus hombres, sin importar las heridas e incluso la muerte.

El gran dragón respiró furiosamente por las fosas nasales, pero mantuvo su cuerpo erguido sobre el trono y no quitó su mirada en el rey.

—Veo que tienes una boca mordaz aun cuando quiero ofrecerte un buen trato.

El rey Alancés sabía que Kyrténebre ofrecía obsequios a cambio de lo que él quería, esto lo hacía parecerse a cualquier ser humano que busca sus propios intereses, solo que Kyrténebre no quería cualquier cosa a cambio, sino algo peor que dar la vida: la libertad sin ninguna excepción, una libertad incondicional y perenne. Dejando a los que se la ofrecían sin la oportunidad de elección, convirtiéndolos en bestias y quitándoles todo sentido de existencia. También sabía que si al inicio no cedían, incluso engañados por las promesas que ofrecía, después pasaba a la fuerza y a la tortura física o en el peor de los casos psicológica.

Alancés sabía que no tenía escapatoria y que tarde o temprano cualquier humano terminaría rindiéndose ante el gran dragón. Sin embargo, el sapiente Sénex Luzeum no había perdido tiempo como mentor del soberano de Glaucia y le había contado que Kyrténebre no era omnipotente, aunque nadie lo hubiese derrotado personalmente, porque en las Edades de la Alianza a quien los hombres habían vencido realmente habían sido a sus tropas, pero ninguno se había enfrentado ni a él ni a sus más feroces y fieles seguidores los vermórum. El rey sabía que Kyrténebre tenía no solo uno sino varios defectos.

Aunque el sapiente Sénex Luzeum ya le había dicho que tenía debilidades, nunca se las había señalado

directamente, no era la forma de enseñar del sapiente, pero le había dado la respuesta de alguna manera.

Por su mente pasaron todos los encuentros que tuvo con su mentor. Buscó por cada rincón de su memoria sin lograr encontrar la respuesta. Tuvo que hacer tiempo en lo que encontraba la salida al acertijo.

—No es que quiera ofenderte por el buen trato que me ofreces, solo que cuando hablo intento afirmarlo con mis hechos y mis hechos con mis creencias.

Ante esta confesión Kyrténebre recargó su cabeza sobre su mano apoyándola sobre su rodilla y mostró una sonrisa, preguntando esta vez moviendo sus labios y haciendo escuchar su voz gélida, tétrica y cortante como el filo de una espada.

—¿Creencias? Y tú, ¿en qué crees?

Esa pregunta le dio respuesta al laberinto de sus memorias. Recordó aquellos hechos que el sapiente le había recitado varias veces sobre lo referente del Metagráfata a las Edades Negras.

En su interior pudo escuchar la voz clara y sincera de su mentor y hasta lo pudo ver caminando con su túnica blanca alrededor de la biblioteca llevando el rollo en sus manos:

Las profecías no fueron solo inventadas de la nada. Tienen un fundamento. El año del Daño del Hombre, en el día de su error, no todo fue gloria y deleite para el gran dragón Kyrténebre.

Aquel día, el cielo se oscureció por completo. Hubo una tormenta. Rayos por todos lados. De pronto, un sonido estremeció a la Tierra entera, provino del cielo mismo y unas letras como de fuego se fueron delineando anunciando la profecía y el término del Reino Negro. Sus días estaban contados. Sería uno de la estirpe de los hombres perteneciente al reino Blanco quien sería el autor de su derrota.

Al dragón no le gustó la sentencia. Se elevó por los aires. Abrió sus fauces y lanzó fuego. Con sus garras desgarró el cielo. Pero su insolencia fue castigada. Cuando regresó a la superficie, ya no era el mismo. El antes tan magnífico, potente y aterrador dragón ahora parecía un gusano gigante. Lo habían despojado de sus alas. Fue a través de sus artes negras que cambió su aspecto como el de un hombre. Desde el inicio había envidiado la buenaventura del hombre, y cuando intentó al menos apoderarse de su imagen, no lo logró.

El rey Alancés reflexionó rápido. Sabía que él creía en la profecía pero porque se la habían contado de boca en boca, sin embargo, Kyrténebre la tenía grabada en sus propios recuerdos y su imagen había sido mutilada desde entonces.

—Pienso que los días de tu reino están contados y tu fin está próximo —lo desafió el rey.

Kyrténebre sintió el fuego de la profecía en todo su ser. Pues ante todo, era el ser más poderoso y ningún hombre era capaz de medirse ante él. Aunque deseaba truncar las esperanzas de los hombres, él mismo guardaba una esperanza sin darse cuenta.

—No entiendo cómo puedes decir semejante afirmación cuando el reino más fuerte ha caído dejándome las puertas abiertas de los demás reinos.

—Es tu poder el que te aferra a lo que nunca lograrás —replicó el rey.

—No —negó con la cabeza Kyrténebre—, no soy como los hombres que creen alcanzar todo lo que parece imposible con la esperanza.

—Por lo mismo, ¿colocas el peso entero del destino sobre la balanza contra el peso de tu poder y astucia? —lo volvió a retar.

Kyrténebre estuvo a punto de golpear al rey y aplastarlo con sus propios pies, pero su plan había salido como él mismo lo había planeado.

—El destino de los hombres pesa sobre las acciones que yo haga o no haga. Está en mi poder guiarlo a través de los tiempos, como hasta ahora lo he hecho —se jactó.

Fue entonces que el rey comprendió por qué Kyrténebre jamás había peleado abiertamente contra los hombres. Temía que la profecía se cumpliese. Ahora, el gran dragón saldría de su reino sin miedo alguno. No podía dejar que hiciese eso. Al menos, no por el momento.

—Pero la profecía afirma que tú no serás el vencedor.

—Vuelves a intentar lograr lo imposible por medio de la esperanza —se burló el poderoso Kyrténebre—. Nunca ha existido otro reino Blanco que no fuese Glaucia. ¿No era la ciudad Blanca? Todos han muerto. Me he asegurado de que no quedase ningún ser viviente en toda la ciudad. La mandé quemar hasta los mismos cimientos. Ninguno se salvó. El príncipe de tu ciudad murió frente a los ojos de uno de los generales de mis tropas. Había escuchado que entrenabas a tu hija para la pelea cuerpo a cuerpo. ¿Sabes cómo terminó la valiente princesa? Se encerró en lo alto de una de las torres de tu castillo cuando éste no era más que una hoguera enorme. Pero no creas que fue la única, no. Muchas mujeres y niños corrieron la misma suerte.

La locura y desenfreno con que los gramas habían tratado a su pueblo enfureció al rey Alancés. Aunque habían matado a todos sus hombres, al menos éstos habían muerto luchando, pero los niños y las mujeres no pudieron escapar. Intentó moverse en contra del gran dragón, pero no pudo mover ni un dedo parecía que estuviese atado todo su cuerpo por cadenas invisibles.

—Ni lo intentes —le advirtió con un rugido que resonó por todo el lugar.

—¡Eres un cobarde! —gritó Alancés.

—Dirijo el destino de los hombres por donde yo quiera, así que solo hago lo que tengo que hacer y cómo lo tenga que hacer.

El rey había conseguido lo que quería. Ahora sintió que su misión había terminado.

—Estoy seguro de que eres un cobarde y te lo puedo demostrar.

—¿Cómo? Insolente hombre.

—Has matado y quemado todo ser viviente de mi reino, de Glaucia, la ciudad Blanca pero aún existe uno que respira y vive —sonrió el rey con aires de triunfo—. Nunca nadie te había enfrentado ni te había retado. Dame una espada. Te desafío.

Kyrténebre no había meditado aquellas palabras. El fuego de la profecía le quemó el interior y un intenso dolor le punzó la espalda en donde habían estado sus alas que tanta gloria le habían dado antes de llegar a Ézneton. Sintió miedo del rey. Pero aún más, se sintió humillado.

Aunque Alancés no sabía, Kyrténebre había dado autoridad a sus secuaces, a los vermórum, para que sentados en lo alto de los costados de su salón imperial presenciasen su gran victoria. El rey de Glaucia no podía verlos porque estaban ocultos tras las vidrieras oscuras que adornaban el lugar.

El destino le había hecho una jugada. Visualizó su derrota, y hasta llegó a olerla y sentirla. El odio hacia el destino llenó el salón entero. La furia se le desbordó del cuerpo y se levantó de su trono sacando una espada larga y negra. Se dirigió con pasos seguros hacia el último hombre por quien aún corría la sangre del reino blanco y que por lo mismo, la profecía lo marcaba como su amenaza y su destrucción. Lo miró directamente a los ojos. El rey Alancés no sabía que la traición no tenía remordimientos en la mente de Kyrténebre ni en la de ninguno de sus servidores. Le dijo:

—Defiéndete —mientras le daba una estocada a la altura del corazón— si puedes.

La espada negra penetró con facilidad la armadura y el cuerpo del rey Alancés. No intentó mover los brazos para defenderse o golpear al gran dragón. Ese era su fin y lo aceptó con honor, logró que Kyrténebre creyese que él era último hombre de Glaucia y había muerto. Solo así la princesa Adariel podría esconderse para ver crecer y preparar al dueño de la paz.

III

HUIDA AL NORTE

Los destellos solares aparecieron tenues sobre el horizonte. El sol comenzó a desperezarse. La comarca entera se vistió de colores al despertar de aquella triste mañana.

Un trotar lento y pausado llamó la atención de la alegre alborotera del amanecer. Un caballo cruzaba por aquel camino. El animal avanzaba con lentitud. El jinete estaba cubierto con una capa parda con capuchón. Al destaparse, sus ojos claros como la miel mostraban cansancio. Su tez rosada estaba azulada por el frío y los labios los tenía un poco morados. Un leve aire se levantó haciendo que el jinete se reanimara un poco y sus cabellos oscuros, largos y ondulados se movieron al ritmo del viento. El calor de la mañana le devolvió de nuevo sus colores rosados a la piel.

Por el costado, el río Rubicón corría caudaloso. La princesa Adariel dirigió al caballo por la rivera hasta encontrarse con un vado y así cruzar al otro lado. Ahí se detuvo para alimentarse y poder continuar con el viaje. Todavía no estaba lo suficientemente lejos de Glaucia, por lo mismo, debía estar atenta al camino. Al terminar, sacó el mapa que le había dado su padre. Sobre el papiro, ya algo deteriorado, estaban dibujados los reinos existentes;

entre los que resaltaba uno por su magnitud y poderío: Glaucia, escrito, como si las letras estuvieran flotando sobre el mapa, en letras doradas. Otro era Alba, un reino pequeño y vecino, cuyas dimensiones no correspondían a las modernas. Había crecido con rapidez. Un tercero figuraba en el centro, Rúvano era su nombre. Su ciudad dividía la tierra Ézneton en cuatro partes: al oeste y al este, al norte y al sur.

Adariel observó el camino que la llevaría directo a Mankeirogps y después a Rúvano. Aprovecho para ver los demás caminos que llevaban a los otros reinos. Al oeste estaba el Mar Teotzlán, el reino del Sol; un poco más arriba, las tierras eran gobernadas por el reino de Las Grandes Montañas. Justo al norte de Rúvano, el reino Verde, el de la Foresta Negra. Al oeste del reino Verde regían los habitantes de Frejrisia. Y totalmente, al este de Rúvano, el reino del Desierto tenía sus palacios.

—Céntar —llamó a su caballo.

Lo montó y prosiguió su camino. Para ese momento, el sol ya había iluminado todos los alrededores. El río continuaba su carrera por entre los pedruscos. Los árboles ofrecían sombra en abundancia y el viento silbaba con tranquilidad.

—Tendré un camino largo —se dijo para sí mientras apretaba con sus delicadas pero fuertes manos las riendas del caballo.

El miedo volvió a visitar su corazón. Con una mano apretó contra sí la talega de cuero que contenía el diamante y con la otra se tocó el vientre. En medio de aquel silencio recordó una canción que su madre le enseñó cuando ella era solo una niña:

Cuando la noche te cubra
y sean fuertes sus brazos
y como gélidos sus lazos.
¡No temas! Espera y confía.
La noche no es eterna,
es solo un momento,
pronto el sol poderoso la derrumba
aunque se presente fría y espesa.
¡No temas! Espera y...

Antes de continuar con la melodía, intuyó algo. Miró alrededor como queriendo penetrar el bosque por completo. Todo era tranquilidad y solo crujía la arena bajo las pisadas del caballo. Prefirió seguir atenta a cualquier eventualidad. Pronto, el animal olió el peligro. En ese momento, la espesura de la arboleda era mucha y parecía como si detrás de sus troncos y hojas escondiese algo. La princesa comenzó a sentir como si de ambos lados hubiera ojos que la observaban. Un sudor frío la cubrió y un escalofrío la agitó. El viento se elevó y las hojas de los árboles hicieron ruidos de advertencia. Adariel acercó su mano al mango de la espada mientras analizaba el recorrido.

El camino la había conducido a una región muy espesa dentro del bosque. Por más que intentaba encontrar qué escondían los contornos, no podía ver sino árboles y más árboles.

La princesa sabía que no había regreso. Intentó tranquilizarse pensando que ese presentimiento no era más que los nervios, pero su sexto sentido de mujer no la dejaba en paz; decidió continuar pero más aprisa.

Con un movimiento rápido de piernas avivó a Céntar a trotar. Después, lo espoleó más y el caballo salió como flecha a un lado del río Rubicón. En ese mismo instante, una gritería surgió a su espalda. La princesa volteó, y al hacerlo, vio una veintena de gramas con sus jabalinas en las manos. Éstos se las arrojaron sin dejar de correr, al tiempo que lograba esquivarlas.

Céntar no era un caballo cualquiera, era ágil en responder a su jinete y cuando el tiempo apremiaba sabía cómo correr o si las circunstancias lo exigían era bravo en la batalla, no solo lo llevaba en la sangre sino que así lo habían entrenado desde que era potrillo.

Los gramas venían a pie y se trataba de una patrulla hambrienta de encontrar alguna aldea o grupo de caminantes para asaltarlos, despojarlos de sus bienes y masacrarlos al final.

Adariel se topó con que el camino llegaba a su fin. A su derecha tenía el bosque que le llevaba hacia el Valle de la Sirma, por lo que no se atrevía a escapar por ahí. Por el lado izquierdo tenía al río Rubicón en su parte más profunda y más extensa.

—Aquí debería estar el puente —se dijo mientras observaba el río buscando alguna manera de cruzarlo.

Los gramas no habían dejado de correr. Cuando la vieron ahí atrapada como si fuera un cordero acorralada por lobos feroces, sacaron sus espadas curvas y disminuyeron el paso.

La princesa sabía que en otros momentos y en otras circunstancias habría preferido luchar con cada uno de ellos y matarlos, pero sobre ella pesaba una responsabilidad muy grande.

—Tendré que abrirme paso entre ellos —se dijo analizando la situación. Después se dirigió al caballo: Vamos, Céntar, solo pasemos sobre ellos y corre lo más rápido que puedas. El caballo pareció entenderle, levantó las orejas y relinchó. Adariel tomó las riendas con la mano izquierda y con la diestra desenvainó su espada. Observó en donde el piso estaba más firme y había menos gramas; se decidió a lanzarse cuando un silbido de flechas se escuchó desde ambos lados del río Rubicón. Algunos gramas aullaron de dolor, otros cayeron al suelo muertos al instante. Cuatro figuras negras salieron del bosque y se colocaron entre la princesa y los gramas, otras los atacaron directamente por el flanco derecho. Los que se dieron media vuelta y corrieron o se arrojaron al río fueron acometidos con flechas desde la ribera izquierda. Ninguno de los gramas sobrevivió.

El ataque había sido tan rápido y tan sorpresivo que la princesa no tuvo tiempo de reconocer quiénes eran esas figuras negras que la habían defendido. En cuanto mataron al último grama, los cuatro defensores regresaron al bosque y las flechas cesaron de volar. Una voz la interrogó:

—¿Qué haces por aquí?

La voz era gruesa, pero sugería que quien hablaba era joven. Por el eco que se formaba en el lugar, no se sabía si provenía detrás de ella o de algún costado, parecía como si viniese de todos lados a la vez.

La princesa no respondió, pues trataba de definir en dónde estaba quien la interrogaba.

—¿Por qué vas sola? —continuó—. ¿Acaso no sabes que hay movimientos siniestros en toda Ézneton como para andar tan tranquila por el río? ¿A dónde te diriges? ¡Contesta!

—¿Quién eres? —preguntó a su interlocutor oculto. No hubo respuesta.

—¿Quién eres y de qué pueblo provienes? —insistió ella.

Adariel seguía escudriñando la arboleda intentando detectar algún movimiento, pero todo seguía igual, con la única diferencia de que el viento se levantó de nuevo entre los árboles haciendo un ligero murmullo, pero nada más. Ella tomó ese silencio como invitación a alejarse de ahí y a no hacer más preguntas, pues ninguna le sería respondida.

—Gracias por salvar mi vida —le dijo y alentó al caballo a seguir.

—Espera —le ordenó la voz laberíntica.

Al instante un silbido salió desde su lado izquierdo como si fuera una señal. Del lado derecho, aparecieron las figuras negras sobre los árboles y saltaron el río en lianas. Al caer, se quedaron ahí parados frente a ella.

Su piel, muy diferente a la de la princesa que era bastante blanca, la tenían bronceada y sus cabellos eran negros como sus ojos.

El hombre que se paró frente a ella era un poco más alto que los demás. Llevaba el rostro cubierto con un turbante a modo de capucha, al igual que todos los que lo seguían.

—Veo que vienes de Glaucia y por tu porte no eres una más de entre las glaucas —le dijo y la miró directo a los ojos. La princesa le mantuvo la mirada con dignidad hasta que él mismo decidió cortar esa conexión con ella. Adariel sintió que en ese breve lapso de tiempo la había analizado y hasta parecía que le había leído la mente y el corazón.

Por su acento, la princesa solo pudo deducir que era un hombre de los del Desierto, pero por la manera de pararse sabía que estaba delante de uno de los dirigentes de los zebuires.

—Sígueme —le pidió el zebuir con la voz potente y laberíntica—. Este no es un lugar seguro, es probable que pase alguna otra patrulla grama. Llevamos una mañana aquí y hemos visto más de cinco.

Ella se detuvo detrás de él, diciéndole:

—No puedes detenerme, aún estás pisando el reino de Glaucia.

—Es cierto —dijo al voltearse el zebuir—, estamos en tierras de la ciudad Blanca, pero te he salvado la vida y me gustaría dialogar contigo. Quiero saber noticias de lo que pasa en Glaucia. Además, nadie me impide tomarte prisionera.

Los demás zebuires ya la habían rodeado. Iban a despojarla de su espada y caballo, cuando el zebuir que los dirigía levantó su mano derecha y les ordenó:

—No la toquen. Déjenla. Ella sabe que mis intenciones no son dañarla, así que vendrá libremente.

La princesa los hubiera seguido montada en Céntar, pero ante la dignidad que había mostrado aquel zebuir, decidió apearse y aceptar el ofrecimiento que le hacía.

El hombre del Desierto la guió por entre los árboles en dirección al Valle de la Sirma. Ahí los árboles eran altos, fuertes y viejos. Se dice que la mayoría de los que habitaban los bosques de esa región de Ézneton estaban ahí desde antes de la llega del gran dragón. Algunos pensaban que si lograbas entender el idioma de los árboles podrías conocer tantos hechos históricos que muchos de los libros de historia se tendrían que volver a reescribir y a otros se les quitaría la manera tan presuntuosa como contaban ciertos sucesos.

El zebuir se detuvo frente a una pared de piedra y silbó con fuerza. De la parte superior se oyó un ruido y pronto cayeron unas lianas.

—Tendré que pedirte que subas, —le dijo pasándole una liana— estaremos a salvo allá arriba. No te preocupes por tu caballo estará bien cuidado por mis hombres.

Estaba a punto de indicarle cómo subir, cuando frente a él y todos los demás, Adariel tomó con firmeza la liana y ascendió con facilidad. Todos quedaron sorprendidos. El jefe zebuir la siguió.

Al llegar a la boca de lo que parecía ser una cueva, Adariel entró detrás del zebuir. Todo estaba oscuro, aunque el sonido de algo que tronaba le indicó que adentro había fuego. Pronto logró verlo y notó que había otras sombras ahí también.

—Veo que no solo eres una glauca sino una muy especial —le comentó.

—No por ser mujer debo ser débil.

El zebuir la miró sorprendido y la acercó a la fogata en donde un par de zebuires preparaban un venado asado. Ahí se quitó el manto que le cubría el rostro. Adariel vio en él rasgos de un joven que ha tenido que madurar antes de tiempo y que ha sido curtido por las inclemencias de la naturaleza.

—Por lo que he podido ver a través de tus ojos —le explicó— sé que debes ser alguien importante de Glaucia.

Con todo, me gustaría saber quién eres y qué haces cabalgando sola con tanta patrulla grama y qué ha sucedido con el reino de ciudad Blanca, ya que los gramas no parecían que estuvieran inspeccionando el territorio, más bien lo custodiaban.

Ella suspiró profundamente antes de hablar.

—Soy Albina —inventó la princesa Adariel para mantener el silencio de su identidad—, y huyo al norte.

—¿Por qué?

—Ayer por la noche, los gramas cayeron sobre la ciudad Blanca como bestias feroces sobre su presa. No sé si Glaucia aún siga en pie, sin embargo, logré escapar.

El zebuir la miró directo a los ojos, pero ella hizo caso omiso de su escudriñamiento. Había estado pensando tanto tiempo qué le había pasado a su esposo, a su padre y a la ciudad. Aún no creía que estaba escapando de su propio reino. Sentía como si de pronto pudiera regresar cabalgando y deseaba encontrar todo como siempre lo había conocido.

—Ese es mi caso, pero y tú, ¿quién eres y qué haces por estos rumbos tan lejanos del Desierto?

—Mi nombre es Zehofar, rey de los zebuires —dijo y pareció como si su cuerpo creciera y los músculos se le marcaran más de lo que los tenía—. Soy el soberano del Desierto.

Ella lo miró asombrada. Había oído hablar de él y de los problemas que afrontaba en su reino.

—Sé que soy aún muy joven para ser rey —confesó—. Ascendí al trono hace solo dos años.

—Me sorprendes. Un soberano tan joven y al mismo tiempo con la sabiduría que tienes, no es fácil encontrarlo, ya que el puesto y las capacidades se van adquiriendo a lo largo de toda una vida.

El olor a venado iba llenando toda la cueva y el apetito iba abriendo paso entre las entrañas para que fuera calmado.

El príncipe Zehofar invitó a Adariel a sentarse en un rincón, en donde se encontraba una manta hecha con piel de cabra. Por un lado estaba una bolsa como de cuero, llena de dátiles y por el otro una vasija llena de agua.

Los zebuires se colocaron alrededor del fuego, hablaban, reían y cantaban. Cuando la comida estuvo lista, le llevaron primero al rey y luego a la invitada para que escogieran la carne de su gusto. Después, repartieron a los demás.

—Pero, Albina o mejor dicho, hija del rey Alancés, —objetó Zehofar— pues esa es tu verdadera identidad.

Ella lo miró sorprendida y por sus ojos se dio cuenta de que el soberano afirmaba con toda seguridad.

—¿Cómo es que sabes quién soy?

—No te preocupes Albina, cuidaré bien tu identidad. Si no me la quisiste decir, tendrás motivos muy válidos y más aún al haber escapado de la tragedia que me comentaste. Nadie en tu lugar sería tan imprudente como para estar revelando su identidad frente a cualquiera. Aunque desconozco tu verdadero nombre.

—Adariel —le reveló y continúo maravillada—. Veo que tienes capacidades que desconozco.

—No lo creas tanto, es sencillamente que los zebuires hemos desarrollado un sexto sentido con la habilidad de poder reconocer cualquier lugar aunque hayan pasado años y miles de tormentas hayan borrado toda huella del lugar. Es algo que necesitamos como necesitamos el agua. Ya te imaginarás que sin esta habilidad nos perderíamos en la inmensidad del desierto con una facilidad tremenda. Pero no solo recordamos lugares sino objetos, rostros, vestimentas, cualquier cosa. Tú tienes un parecido bastante marcado con el rey Alancés, aunque con tu pelo te cubras parte del rostro.

—No sabía que mi padre también había ido al reino del Desierto —le dijo acariciándose el cabello.

—Tenía como ocho años cuando lo vi por primera vez y desde entonces jamás podré olvidar su aspecto, ni su fuerza, ni su gallardía y mucho menos su porte. Eres un reflejo exacto de él.

La princesa inclinó la cabeza a manera de agradecimiento por el honor que le hacía de igualarla a su padre en su parecido.

—Espero poder lograr lo que él me pidió que hiciera.

—Sin lugar a duda, lo conseguirás.

Terminaron de comer en silencio, mientras ella repasaba en su mente las historias que su padre le había contado. Recordaba sus años de niña y toda la formación que había tenido. Aunque siempre luchó mucho por sobresalir y ser una gran reina, nunca se imaginó que terminaría escapando de su mismo hogar para convertirse en una princesa errante. Después, recordó las historias que el rey Alancés le había contado de los zebuires, así que se quedó mirando a los hombres que estaban frente a la fogata. Sus rostros bronceados por los rayos del sol. En su mayoría eran de menor tamaño que el resto de los hombres que habitaban toda Ézneton, con excepción de los hombres del reino de Frejrisia quienes también eran pequeños, solo que su tez era de un tono medio amarillo y tenían los ojos rasgados.

—Rey Zehofar, ¿cuál es la política que rige tu reino?

El monarca del Desierto la miró con detenimiento, terminó de masticar un trozo de carne y luego bebió agua.

—Aunque soy el soberano del reino del Desierto entero, se podría decir que más que un reino son distintas tribus que se rigen y gobiernan bajo sus propias leyes y ética. Mi título es más nobiliario que realista. Muchos jefes de las tribus me respetan, pero no me permiten dirigir, contradecir ni opinar entre sus asambleas. Soy solo un oyente pasivo. Esto no me gusta nada, no porque no tenga voz sino porque veo tantas injusticias. Me preocupa mi pueblo. Sé que en el pasado, el Desierto era un pueblo regido bajo un solo cayado aunque tuviese tribus nómadas y que ellas mismas decidiesen a dónde ir o dónde quedarse. Era un permiso que se les había concedido y que cuando una tribu desobedecía cualquier mandato del rey, eran castigados y ellos mismos asumían la pena sin necesidad de tener un emisario real para comprobar el cumplimiento del castigo.

Aunque la línea de reyes no se ha perdido desde que existe el reino del Desierto, no ha sido sino con mano dura que mis antepasados y yo hemos logrado mantener el trono, ya que por ley, cualquier zebuir que quiera acceder al trono tiene derecho a retar a quien ostenta la corona.

Cuando dijo esto, la princesa Adariel se volteó para mirarlo de frente. Estaba sorprendida de que existiese esa ley entre los zebuires y que el mismo Zehofar siguiese siendo rey a pesar de no pasar más allá de los veinte años, una edad muy corta como para ser el rey de una nación tan grande como era el Desierto. El rey notó su asombro y sonrió.

—Sí, Albina, muchos pensaban que obtendrían mi corona con facilidad y lo habrían hecho, si no es por los hombres de mi propia ciudad. Todos y cada uno se pusieron a mi disposición. Tuve que atacar tres ciudades que quedaban bastante lejos una de la otra. Decidí hacerlo al mismo tiempo y triunfé. Cuando vieron que era alguien con carácter las demás ciudades que eran fieles a mi difunto padre acataron mis órdenes al instante. Sin embargo, eran solo unas cuantas ciudades y tribus las que eran leales, porque el resto, que son la mayoría, son autónomas.

—Se cuenta que los vermórum no han parado de trabajar desde la caída de su Señor —dijo la princesa mientras observaba la fogata.

—Pero los vermórum, los más fieles servidores y seguidores de Kyrténebre, jamás han luchado.

—¿Cómo afirmas que jamás han luchado? Son ellos los responsables del mal que azota a toda Ezneton.

—Créeme, son tan audaces en su forma de actuar que muchos llegan a pensar que no eran más que una leyenda, pero no. Dentro de mis fronteras tengo que sufrir con la presencia de un vermórum. Se llama Od Intri-Gan —en el rostro de Zehofar se dibujó una mueca de impotencia.

—¿Cómo sabes que él es un vermórum?

—Od Intri-Gan fue cazado por mi padre pero jamás logró atraparlo. Incluso, puso precio a su cabeza. A pesar de ello, hubo muchos zebuires que, hartos de ver cómo movía a los jefes de sus propias tribus como si de marionetas se tratase, intentaron matarlo. Pero cada uno que levantó su mano contra él o que lo intentó envenenar fue muerto por el mismo vermórum. Ningún cuchillo le hizo daño, ningún veneno logró pararle el corazón. Nadie sabe cómo acabar con él. Dicen que cada vermórum tiene una manera distinta de morir. Se han intentado tantas veces de diferentes maneras, ahora, ya nadie se atreve si quiera a mirarlo de frente. Cuando alguien sabe que se acerca a alguna tribu, todos corren. Yo jamás lo he visto y aunque sé que me ha buscado, siempre he encontrado la manera de escaparme. De lo contrario, dudo que estaría ahora aquí sentado.

La princesa Adariel pudo ver en el joven rey toda la impotencia humana frente a algo que iba más allá de sus posibilidades. Miró cómo Zehofar tenía una mezcla muy extraña en el brillo de sus ojos. Por un lado, era notoria la tristeza de la situación, pero por el otro lado, también ardía un fuego como de alguien que jamás se dará por vencido.

—¿Acaso tendremos que vivir por el resto de nuestros días bajo el hálito del miedo? —pensó él en voz alta—. No creo que lo podamos soportar.

—No, rey Zehofar —dijo ella mientras se levantaba de su asiento—. Tienes que soportar todo el tiempo que puedas. Los tiempos que nos han tocado vivir no son fáciles. Y lo serán aún menos en el futuro. Sin embargo, no podemos vivir en un mundo en donde la esperanza decaiga, seríamos seres sin sentido.

—¿Qué podemos hacer, Albina? Nuestros antepasados han luchado tanto tiempo y ¿qué han conseguido? Seguimos en las mismas.

—El hombre es sin duda una paradoja —pensó en voz alta Albina—. ¿Llevas tanto tiempo luchando por mantener tu reino y afirmas que no hay esperanzas?

—A algo nos tenemos que aferrar, ¿no crees, Albina?

—Me aferro a la esperanza de un mundo mejor. Tenemos que luchar hasta el fin y cuando haya llegado el fin debemos esperar aún más allá del final.mLa esperanza es el arma más poderosa que tenemos, es la única que nos ha permitido seguir siendo libres hasta nuestros días y la única que nos librará de caer en las garras de Kyrténebre... No dudo que en el fondo tu fe aún brille con fuerza. Se te ve en los ojos. Ya verás que formarás parte en la gran liberación —agregó al final, mirándole fijamente.

El rey se quedó un rato en silencio, cuando lo interrumpieron.

—Señor...

—¿Qué sucede, Fundajmón?

—Acaba de llegar un delegado de las tribus del sur.

—Que pase.

Un hombre un poco más bajo que el resto de los presentes apareció. Llevaba una cola muy larga pero bien trenzada. Tenía las mejillas pintadas de verde y rojo.

—Rey Zehofar —dijo jadeante—, traigo malas noticias.

El rey le indicó que parara y se dirigió al resto.

—Tráiganle un vaso con agua, que coma y beba —miró al mensajero—, continúa.

—Todas las tribus del sur se están revelando. La ciudad de Aljid y la de Haas Das han marchado contra Jinzá. Debe regresar.

El rey Zehofar caminó de un lado para el otro golpeando un puño contra el otro.

—Hoy descansaremos pero mañana antes de que salga el sol partiremos a Jinzá sin detenernos.

Los zebuires siguieron sentados alrededor del fuego, Fundajmón tomó un trozo de lomo de venado y agua, y se los ofreció al mensajero. Éste se sentó al lado de los demás.

—Albina me hubiese gustado seguir hablando contigo pero mi pueblo me necesita y tendré que volver. Me hubiese encantado poderte escoltar hasta los confines de la tierra misma.

—No tienes qué preocuparte, en absoluto. Este camino lo tengo que hacer yo sola. Así me lo ha pedido mi padre y el destino me vuelve a confirmar que así debe ser.

—¿A dónde debes ir sola?

—A Mankeirogps.

—¿Piensas ir ahí y, además, tú sola?

—Debo ir.

Zehofar levantó ambas cejas. Él jamás se habría atrevido a entrar a la ciudad de Mankeirogps, mucho menos solo. Quedó impresionado al verla tan segura de sí misma.

—Sigues confirmándome con cada una de tus palabras que eres hija del rey Alancés.

Ella le agradeció con un movimiento de cabeza.

—Está bien —afirmó Zehofar—, por ser su hija te confesaré el porqué aún creo que podemos vencer a los vermórum y a su señor. Además, si no fuese por tu padre, este tesoro que nos da fuerzas a todos los zebuires bajo mi mando, se habría perdido.

El joven rey se acercó a sus hombres y alzó la voz:

—Como bien saben, siete piedras habitan la Tierra. Entre ellas, existe una capaz de unirlas a todas o dispersarlas, es el Diamante. En tiempos distantes, algo sucedió con ella, fue cuando los hombres vivían más años y los zebuires aún muchos más, existió una espada maravillosa por su textura y lucidez. La espada fue probada en el crisol. Giralda la llamaban. En ella relucían las siete piedras preciosas.

El rey se desnudó el pecho, mostrando una pequeña cadena. Fulgurante ante la luz de la fogata, les mostró su piedra preciosa: el Ámbar. Los zebuires inclinaron sus cabezas con respeto. Zehofar mantuvo sus ojos fijos en Adariel, y dijo:

—Esta gema estuvo deleitándose en aquella espada. Desconozco a detalle la historia de lo que sucedió. Lo que sí sé es que el enemigo logró separarlas y con ello quebró el diamante que anillaba a las demás. Cada piedra preciosa representaba a los principales pueblos. Ésta —continuó explicando mientras alzaba el Ámbar— es la que representa al sufrido pueblo de los zebuires, los de tez quemada, mi pueblo del Desierto. Me ha sido delegada por mis antepasados. Mi vida está guiada por una misión: unir a mi pueblo. Es difícil hacerlo, por no decir imposible. Pero, aún más lo es unir todas las piedras, ya que han sido dispersadas y la principal ha sido dañada. Algún día, el momento llegará en que se logre. En ese día, con un solo brazo, arrojaremos al enemigo de esta tierra o, por el contrario, él nos decapitará a todos de un solo golpe.

Luego se dirigió a Adariel.

—Hay esperanza, pero no podemos esperar a que sea ella la que venga a salvarnos; nosotros tenemos que ir hacia ella.

Adariel se quedó maravillada por la brillantez del Ámbar. Ya fuese por el fulgor de las llamas o por la misma piedra preciosa, pero parecía como si brillase por sí misma. Imaginó qué bella sería aún más la piedra más preciosa de todas y que ahora yacía sin vida sobre su pecho.

El rey Zehofar se tapó la piedra preciosa y todos se quedaron un rato en silencio, después, volvieron a hablar entre sí. El soberano del Desierto se acercó a la princesa Adariel.

—Albina, quédate en esta esquina a dormir. Tendrás un recorrido largo y difícil hacia tu destino. Te dejo tres cobijas para que la tierra no te incomode mucho. Te ofrecería más, pero cuando los zebuires viajamos, lo hacemos lo más ligero posible. Algún día que estés en mi reino, te podré invitar a mi palacio y ofrecerte un lugar espléndido y deliciosos manjares.

Ella le agradeció con un movimiento de cabeza.

—Mañana regresa al río, el puente estará colocado. Nosotros saldremos antes del amanecer.

—Rey Zehofar, te agradezco el haberme salvado la vida el día de hoy.

—Buenas noches y suerte.

El rey de los zebuires se colocó junto con los suyos alrededor del fuego. Ahí, ellos habían entonado una melodía que sonaba como un caminar por el desierto. La canción era melancólica. Su tono dibujó en la mente de la princesa las tierras desérticas. Pudo ver el sol flagelando las estériles tierras del reino zebuir. Le esbozó a aquellos que sobreviven en medio de infernales calores y de mortíferos fríos.

Ella dirigió sus ojos hacia el fuego. Pronto se quedó dormida. Su sueño fue pesado. En él figuraron muchas imágenes, lugares y personas, pero no eran legibles, sino vagos y borrosos.

A la mañana siguiente, despertó. Lo primero que vio fue que la fogata seguía prendida y el olor a pescado asado le abrió el apetito. Se levantó y comió. Encontró a pocos pasos de la lumbre, un cántaro con una bebida rojiza.

Cuando terminó, salió de la cueva y descendió. Ahí encontró a su caballo Céntar, ya ensillado y listo para el viaje; relinchó de gusto al verla. Adariel lo montó y observó que el caballo cargaba una bolsa de más, llena de dátiles. Ella sonrió y galopó fuera de la selva. Ahí el río seguía tranquilo y jubiloso ante los primeros rayos del sol y un tosco puente unía las dos orillas.

—Son rápidos —pensó—, ayer no había ningún puente.

Una vez del otro lado del río Rubicón, siguió bordeándolo por varias horas. Tiempo después, divisó que la vegetación del lado derecho del río había desaparecido. Más tarde, notó que el río surcaba sobre roca viva y que, al lado derecho, la tierra desaparecía. Era un grandioso peñasco. Al fondo se veía el llamado Valle de la Sirma. La princesa no quiso siquiera detenerse a analizarlo, aquellas eran tierras insólitas. Ese era el punto preciso para girar hacia la izquierda, tierra adentro, hasta llegar al otro lado.

Buscó un sendero a su izquierda que la llevaría hasta el río Servio. Cuando lo encontró ingresó en él.

A ese camino debido a sus tantas curvas lo llamaban el Látigo de serpiente. Adariel se adentró unos metros entre los zigzag. Volteó hacia atrás y no pudo ver más la entrada solo árboles, como si hubiera entrado en un pasadizo secreto. De hecho, ni siquiera el murmullo del río lograba penetrar más de un metro en aquel tortuoso camino, dado que aquellos árboles eran comelones, es decir, absorbían cualquier ruido que rondara por aquellos parajes, incluso el crujir de las hojas.

Aquel sendero daba tantas vueltas que pronto la princesa Adariel se mareó y deseó no haber tomado aquel atajo. En ocasiones los atajos resultan peores que los caminos largos.

Cuando por fin logró salir de aquel complicado camino llegó hasta el río Servio y de ahí subió hacia el lago Verde en dirección norte.

Ya estaba cerca del lago Verde, al oeste divisó la Cordillera Nevada, límite natural entre los reinos de Glaucia y de Alba.

La princesa dirigió a Céntar hacia un resguardo que estaba sobre la primera montaña que formaba la Cordillera Nevada, quería tomar el camino más corto y seguro hacia Mankeirogps, sabía que lo mejor era llegar a la encrucijada de Araña Patona, desde ahí, se abrían caminos hacia todos los destinos de Ézneton, la tierra de los mortales.

Buscó cruzar el río Servio. Cuando encontró un vado, aunque estaba algo profundo, se lanzó hacia éste. No era muy caudaloso, así que no tuvo problemas para llegar al otro lado de la ribera, un altísimo bosque de secoyas, con su olor característico a coníferas.

Para llegar al refugio no había camino alguno ya que era muy fácil llegar a la punta sin perderse, pues los árboles crecían separados unos de otros. A la princesa le llamó mucho la atención el espesor de sus troncos rojizos. Algunos árboles requerían de hasta diez hombres tomados de las manos para bordear todo el contorno del árbol. Incluso, notó que uno de los troncos tenía una apertura justo a la mitad con la capacidad de que tres o cuatro jinetes pasaran sin ningún problema y sin necesidad de desmontar.

El piar de los pájaros que regresaban a sus nidos llenaba todo el lugar. El sol ya no se veía por ningún lado, solo había dejado detrás de sí un sinfín de colores esparcido por el inmenso cielo azul.

Adariel alcanzó a llegar al resguardo justo cuando aún podía distinguir en la oscuridad. El resguardo no era otra cosa que una serie de cuevas escarbadas en el interior de la montaña en donde los viajeros podían pasar la noche. Había reinos que tenían personas encargadas de abastecerlos con leña, frutos secos y de asegurarse que las pilas de agua estuviesen limpias y el agua fluyera. El rey Alancés había sido uno de esos reyes que se había asegurado que tanto el reino de Glaucia como el de Alba mantuviesen los refugios bien provistos de todo lo necesario y hasta había mandado poner mantas de piel y pastura seca revuelta con cebada para los caballos. Sabía que la hospitalidad era una virtud primordial y la debía de cultivar entre sus pueblos. Nunca imaginó que su hija haría uso de ellos en circunstancias tan difíciles como las que ahora pasaba.

Cuando la princesa entró al refugio buscó la leña y como mejor pudo la colocó en el centro. Sacó una piedra y un metal de sus bolsas de viaje y pronto logró que el fuego brillase en aquella caverna. Puso un par de pieles cerca de la fogata y ahí se sentó a cenar. Céntar se recostó cerca de ella.

Antes de quedarse dormida dirigió sus recuerdos a su padre, a su esposo y al resto de los glaucos.

—No los voy a defraudar —murmuró, pero su voz era la de una persona que lleva un gran pesar en el alma. Conocía perfectamente que la mejor elección había sido escapar del poder de Kyrténebre, pero la muerte que el gran dragón había traído al pueblo de Glaucia era un peso muy grande. Estaba decidida a seguir adelante y a enfrentar todos los peligros que tuviese que enfrentar: su hijo debía nacer y el diamante herido no podía caer en las garras del enemigo.

Al día siguiente, partió en seguida hacia la encrucijada llamada Araña Patona, en donde observó los caminos que se desprendían de ese solo punto. Buscó la vía que la llevaba hacia Mankeirogps protegida por la muralla Kérea, la que guardaba en sus entrañas el recuerdo de los muertos.

Sacó el mapa y pudo ver que el camino estaba marcado. Calculó que estaría dentro de tres jornadas llegando a la muralla Kérea de la necrópolis Mankeirogps.

Aunque esa parte de la montaña no era la más alta, ofrecía una panorámica muy especial para cualquier espectador. Al sureste se veía el extenso terreno de la ciudad Blanca, que había dejado de existir y ahora pasaba a formar parte de las ruinas en la historia; por el suroeste solo se veía una planicie verde y extensa que era el reino de Alba, la ciudad del Unicornio. Después, observó el este, en donde no se lograba distinguir con exactitud el tipo de terreno, pero el color amarillento y áspero, sin lugar a dudas pertenecía al reino del Desierto.

—Suerte, rey Zehofar —le deseó la princesa al

recordar al soberano de aquellos pueblos que tanto necesitaban de un líder como Zehofar.

Al norte divisó cuatro montañas en forma de conos casi perfectos, era el reino de Rúvano, en donde podría encontrar al sapiente Sénex Luzeum.

A su izquierda se alzaban soberbias el resto de las montañas, muchas de ellas con nieves eternas en sus puntas. Desde ahí, pudo ver que estaban forradas de las más diversas coníferas y también de todos los colores, desde el azulado hasta el ocre.

Al avanzar por aquel camino ella recordó el esplendor de los reinos en tiempos de las Edades de la Alianza, ya que las construcciones de aquellas épocas habían sido colosales y magníficas. Todos los viejos caminos habían sido construidos con roca pura, tallada y medida con excesiva minuciosidad.

Algunos de esos caminos de antaño contaban historias a lo largo mediante grabados en donde se relataba la historia de algún hecho histórico o algún gran personaje o rey. De tal forma que el que cabalgaba podía ir entretenido. También, tenían cada cien kilómetros una pequeña fuente para que los viajeros pudieran refrescarse y descansar. En esos lugares, los constructores de caminos se habían aventurado a detallar chistes o sucesos graciosos para hacerle más agradable el camino al andante. De hecho, se decía en aquella época que una nación no solo era juzgada por su genialidad en las construcciones sino, también, por su ingenio en el humor y su inspiración en la narración.

Con todo, los caminos además de ser bellos en su construcción sumergían al transeúnte dentro de la hermosura de una naturaleza salvaje, pintada de misterio y admiración. No era raro ver venados y conejos saltar de la maleza al camino e ingresar a su hábitat tras otear a sus alrededores. A veces, lobos y felinos grandes cruzaban por los senderos.

La princesa recordó algunas historias tristes de familias que habían sido atacadas por animales feroces. En aquel instante, el sol ya estaba cayendo por el poniente. Se sintió sola y desprotegida. Hubo instantes en los que su caballo Céntar levantaba las orejas y se detenía atento. Adariel escuchaba a veces algunos ronroneos graves. Ella acercaba su mano a la empuñadura de su espada y se aferrab a las riendas de Céntar.

Cuando llegó la noche, la princesa Adariel se ató al caballo por si se quedaba dormida. No quiso detenerse, mucho menos cuando escuchó varios aullidos.

Sin querer terminó cediendo y los sueños la llevaron a un peñasco de grandes dimensiones. Al inició, le pareció que estaba en medio de las aguas, pero un viento fuerte la hizo tambalearse y al mismo tiempo le mostró que estaba situada más arriba de las nubes. Un zumbido misterioso provenía de las lejanías. Ella no pudo distinguir de qué se trataba, pero conforme se iba acercando se dio cuenta de que era una parvada de aves negras. Sus graznidos parecían alfileres para los oídos. Los cuervos se acercaban. Adariel quiso alejarse de ahí, pero el grito de otros pájaros llamó su atención. Miró en dirección de los cuervos y sintió un miedo terrible cuando debajo de las nubes tres picos rasgaron el cielo con sus gritos: eran tres halcones negros más grandes que cualquier ave que ella había visto antes. Sus ojos escupían fuego.

Los halcones negros se colocaron delante de los cuervos y avanzaron con más furor hacia ella.

La joven princesa intentó encontrar una espada o alguna roca para defenderse, pero al hacerlo se dio cuenta de que unos metros más arriba de ella había un nido. Su presentimiento de madre le abrió la mente.

Con un salto intentó agarrarse de la pared para escalar hacia el nido. No iba a dejar que las aves de rapiña se llevaran al polluelo.

Pero la pared no ofrecía ningún orificio, estaba liza.

En su desesperación, Adariel pidió ayuda. Al principio, le pareció que su voz no era más fuerte que el graznido y los gritos de las aves negras, poco a poco, sus pulmones se fueron llenando de más aire y ella elevó su voz con más poder.

Los halcones negros ya estaban muy cerca del nido cuando tres halcones similares a los negros pero de un color tan blanco que les permitía camuflarse con las nubes surcaron los vientos. El más grande de ellos se acercó al nido y Adariel vio cómo se salvaba a un bebé de casi un año. Los otros dos halcones tomaron la retaguardia y se alejaron dejando atrás a las aves de rapiña envueltos en graznidos de odio y venganza.

IV

MANKEIROGPS

Cuando la princesa Adariel abrió los ojos, el sol ya había salido por el este y la claridad era suficiente para ver bien por dónde iba.

No tardó mucho en llegar a una fuente. Ahí buscó algún lugar cómodo para relajarse y descansar de haber estado cabalgando toda la noche. Dejó que su caballo descansara un rato, mientras ella miraba cómo caía el agua de la fuente, tan tranquila y segura como si la invitase a sonreír. Los pájaros hablaban en la cima de los árboles, las flores alfombraban algunos lados del camino y los árboles se veían vivos y sanos. Había paz y alegría a su alrededor, pero en su interior caía el peso de la soledad que dejan los seres queridos al partir.

Arrancó una hoja y se acarició la mejilla, mientras cerraba los ojos y dejaba que su corazón le trajese aquellas memorias que resultan dulces como la miel, pero tristes. Pensó que la hoja no era otra cosa que la mano de su esposo. Adoraba los brazos fuertes y firmes de Alear, la hacían sentirse segura y protegida. Aunque no hacía frío, la princesa tomó el manto y se cubrió fuertemente con él, mientras las lágrimas brotaban sin parar.

Su único consuelo era el vínculo que aún la unía con Alear. Abrazó su vientre y sollozó. Primero lo hizo débilmente, después, el sonido de sus lamentos fue creciendo hasta que pudo llorar y dejar salir esa carga que llevaba dentro de su corazón desde la noche en que vio por última vez a su esposo armado y parado frente a ella antes de partir a la defensa de la ciudad Blanca.

Con el seguir del camino, las montañas iban quedando atrás junto con sus majestuosos árboles para dar paso a una planicie que se cubría primero de grandes arbustos y que luego daba paso a otros más pequeños, en donde la mirada podía ver a lo lejos sin que ningún árbol o montaña la interrumpiese. La princesa intentó divisar la muralla Kérea, pero la tarde ya había llegado y con ella un cambio de viento que traía una borrasca; las nubes negras llevaban enormes bolsos cargados de agua. Un rayo rasgó sus alforjas vertiendo su contenido sobre el paisaje. El viento muy frío provenía del norte.

Adariel sacó su manto y se cubrió.

La monotonía abundaba en aquella comarca y los árboles habían desaparecido por completo dando un sabor a desprotección y soledad.

Aquella noche la princesa tampoco se detuvo, sus miembros estaban casi congelados y no podía esperar ahí sentada bajo la lluvia a morir de frío; tan cruda era la tempestad que hubiese sido imposible prender una fogata. La lluvia duró toda la noche. Las estrellas no pudieron brillar ni la luna iluminar el camino de la princesa Adariel.

Al día siguiente, la princesa tuvo que seguir su camino bajo la inclemencia de la naturaleza, que en lugar de amainar había aumentado su ferocidad.

Por la mente de Adariel cruzaron momentos de desesperación, ya quería llegar a Mankeirogps, la tierra de los muertos, pero al mismo tiempo, un dolor la oprimía: temía enfrentarse a todos sus antepasados. No le era nada fácil el saber que el destino de toda Ézneton pendía de ella. Recordó la primera vez que su padre le había dicho que los signos de los tiempos y de los astros decían que el rey de reyes estaba por nacer y que ella sería su madre, su primera respuesta fue de risa y entusiasmo. Tenía solo doce años. No sabía qué significaba todo aquello de la profecía y de tomar las responsabilidades.

También recordó cuando cumplió quince años y la regañó con fuerza porque no atendió a sus clases de historia y literatura por haberse ido a montar. Ella prefería la aventura, era más divertido que sentarse frente a un profesor o frente a unas letras que, según pensaba en ese momento, estaban muertas.

Por su mente también pasó el día de su casamiento con Alear. Ella tenía veintiún años y él era cuatro años mayor. Tanto el rey Alancés como Alear estaban brillantes como el sol, aunque ninguno imaginó que su alegría sería sumamente corta.

Adariel apretó las riendas del caballo con fuerza, estaba enojada. Kyrténebre le había arrebatado en un día a las personas que más amaba en este mundo. Al inició sintió deseos muy fuertes de venganza, pero las palabras de su papá eran «no siempre lo primero que sentimos es lo mejor para nosotros o para los demás», así que reflexionó y más que venganza clamó al cielo por justicia.

Hubo unas horas en las que la princesa pudo avanzar sin la constante lluvia que la había acompañado desde la noche. Ahora, el horizonte seguía sin dejarle ver nada y avanzaba con la incertidumbre de no saber cuánto más duraría antes de llegar a su destino, la necrópolis de Mankeirogps, la tierra de los muertos rodeada de su conocida muralla Kérea.

Mankeirogps era un antiguo cementerio, donde descansaban las tumbas de los reyes de antaño y de sus familiares, aunque como en todos los lugares de la tierra, también compartían el suelo con gente sencilla e incluso con sanguinarios tiranos y asesinos a sueldo. La idea principal de su edificación en los primeros años desde que la tierra Ézneton fue habitada era honrar a los grandes del mundo. En un inicio solo los reyes y sus familias eran enaltecidos poniendo sus cuerpos bajo las tierras protegidas por la muralla Kérea. Pronto, algunos reyes quisieron ennoblecer a sus mejores generales así que también se les permitió yacer en la necrópolis. Con todo, las guerras estallaron y a los muertos incrementaron y como resultado los muertos incrementaron, así que queriendo evitar enfermedades y epidemias por la descomposición de los cuerpos, los pueblos se vieron en la necesidad de enterrarlos en Mankeirogps. Aunque también una de las razones más importantes era la de respetar a los muertos, ya que no enterrarlos era un acto de infamia imperdonable a cualquier habitante de Ézneton.

Ya hacía el medio día, la princesa llegó a una bifurcación en el camino. Desde ahí, alcanzó a ver a su derecha una mole oscura y peligrosa, a su izquierda se alejaba otro camino. A Adariel le pareció raro, sacó su mapa. No recordaba haber visto ese otro camino. Con asombro descubrió que su mapa no mostraba ningún camino que se separase del que llevaba a la tierra de los muertos. Por el corte de la piedra de la otra vía, se dio cuenta de que era bastante reciente, no más de unos diez o quince años. Le pareció muy extraña porque la tradición desde la construcción de la necrópolis era que solo debían existir cuatro caminos que te llevasen a Mankeirogps: uno por cada uno de los puntos cardinales, por ello la muralla Kérea solo tenía cuatro entradas: una al norte, otra al sur, una al este y otra al oeste. Y el camino hacía que Mankeirogps nunca fuera tomado si no tenías intención de llegar a la necrópolis. Era un insulto para los muertos.

—¿Quién estará rompiendo con las tradiciones? —pensó.

Y sin pensarlo dos veces, tomó el camino directo a Mankeirogps. Ella misma se sintió ofendida por el otro camino. Una tradición de respeto a los muertos no puede ser quebrada sin consecuencias para los vivos.

Aquella tarde logró llegar a la muralla Kérea. Como bien le había dicho su padre: «Nadie que ha pasado la noche dentro de la muralla Kérea ha vuelto a salir. Mankeirogps es una necrópolis peligrosa», por lo que decidió pasar la noche al amparo de la muralla Kérea. Cada una de las entradas tenía la figura de una cueva. Estas entradas tenían unos cinco metros de largo y después seguía el piso de la tierra de los muertos. La curiosidad atrajo a la princesa a mirar más allá del lindel de la entrada, pero el miedo la llenó desde lo más profundo de su ser. Estaba a unas horas de su gran prueba.

La princesa Adariel sentía el agotamiento de tanto cabalgar, de la lluvia, del frío y del nerviosismo ante el misterio de su prueba, porque saber a qué te tienes que enfrentar hace que la persona dude de si lo logrará o no, pero desconocer en su totalidad lo que está por acontecer hace que el corazón tiemble y la mente no descanse pensando en la infinidad de posibilidades. Además, se sumaba la advertencia del rey Alancés. Adariel quería estar atenta a sus alrededores, pero el agotamiento fue más fuerte y sin darse cuenta se quedó profundamente dormida.

Al día siguiente despertó con el sol hostigándole en la cara. El cuerpo lo tenía cansado y la posición en la que se quedó dormida le producía ahora un terrible dolor de cuello. Con todo, tenía que seguir adelante. Volvió a preparar a Céntar para seguir adelante y se acercó al límite de la muralla Kérea. La lluvia había sido tan fuerte que aquello parecía un cenagal. Si hubiera metido el pie se le hubiera hundido.

Con cierto enojo tuvo que esperar a que el sol secara la tierra para poder entrar. Ella era una mujer de voluntad fuerte pero también entendía que a veces la naturaleza se sobrepone y el destino sabe el porqué.

Al siguiente día, el sol logró secar la tierra antes de ocultarse en el horizonte. Esperó a que pasara la noche y al despuntar el día se acercó al lindel con los zapatos al hombro y las riendas en la mano. Estaba a punto de pisar tierras sagradas, no lo podía hacer con zapatos ni montada en algún animal.

—Honraré a mis antepasados de acuerdo a las tradiciones —dijo.

Se hincó en la entrada e inclinó su cabeza hasta tocar el suelo. Después, con sus dos manos se echó ceniza sobre la cabeza. Terminando los ritos iniciales se adentró en Mankeirogps a meditar en la muerte y a orar por los muertos, tal cual marcaba las tradiciones y, en su caso, a buscar a sus antepasados y enfrentarse a la prueba que la haría digna descendiente de los reyes de antaño.

Avanzó en silencio por entre las tumbas y los mausoleos, llevando la cabeza inclinada, mirando los sepulcros a ambos lados. Había tumbas por doquier. Encontró unas fechadas no muchos años atrás; y en otras, apenas se podían apreciar las letras en sus epitafios e inscripciones aunque notó algo curioso en los nombres.

—Han pasado cientos de años —susurró para sí, intentado no hacer ruido, como si temiese que su voz perturbara el descanso de los que ahí yacían— y los nombres no han sido borrados por el desgaste del tiempo, como si quisieran ser recordados por siempre entre los vivos, entre los viajeros, los transeúntes y los que fuesen parte de algún cortejo fúnebre.

Entonces, algo llamó su atención. Se acercó para ver qué era. Al principio le parecía una tela verde que se había endurecido debido a la lluvia y al sol. Se iba a alejar, cuando sintió como si alguien más la estuviese incitando a averiguar qué era eso. Con cierto temor, caminó hasta tomarlo en sus manos y notó que era un libro. Para su asombro, el libro estaba en condiciones suficientemente buenas a pesar de que los días anteriores había diluviado y que ahora el sol era inclemente. Sobre la portada estaba el título: *Reflexiones de Mankeirogps*. Las letras habían sido más bien pintadas que escritas, cada línea semejaba a algún hueso humano y en lugar de las «o» tenía cráneos. La princesa comenzó a hojearlo.

—Hignasar Rum-Duilag —leyó— rey de Frugmia. Son reflexiones sobre las personas que están enterradas aquí; —dedujo y continuó leyendo— rey de Frugmia, un reino desaparecido en nuestra época. ¡Ah!, ¿quién es éste que ocupa una cripta tan hermosa? ¿Será acaso un rey de antiguo o alguno contemporáneo? Inguscar Marlium Pyunlianud, rigió en Croupén.

La princesa se dirigió a una zona en donde las tumbas eran espléndidas. Estuvo buscando entre todos los túmulos hasta que encontró el de Hignasar Rum-Duilag. Al lado yacía la de Inguscar Marilium Pyunlianud.

—¡Qué lástima! —siguió leyendo el texto— fueron grandes reyes.

Marcharon con gentes innumerables. Asaltaron reinos, sitiaron fortalezas, engrandecieron sus territorios y, con todo, no pudieron vencer a la muerte, ni siquiera lograron ganarle terreno para vivir solo un minuto más. El tiempo ha hecho desaparecer sus nombres de entre los corazones de los hombres. Ahora yacen aquí. La tierra cubre la horribilidad de sus miembros corrompidos por el curso de los años. Han sido olvidados. ¿Dónde, sus riquezas? Aquí no les sirven de nada. ¿Dónde, sus reinos inmensos? Para ser enterrados necesitaron solo un hueco en la tierra. ¿En dónde su pompa real o su séquito imperial? Ahora reposan en soledad. ¿Para qué se esforzaron con valor sobrehumano por engrandecer sus territorios? Todos esos reinos han desaparecido. Ya nadie recuerda sus nombres, a excepción de aquel furtivo viajero que atraviesa estas tierras y lee, de casualidad, algún nombre, si es que puede entender la lengua antigua.

Caminó entre las sepulturas que comenzaron a ser muy diversas. Cada vez que leía una, la trataba de encontrar en el libro.

¡Ése! Murió a flor de edad. Aquel otro, ¡tan joven! Este miró destilar la vida de muchos hombres, pues los años dicen que sus cabellos se nevaron. Aquel infante solo conoció el juego de los niños. Este otro, ni siquiera vio el ocaso de un día.

Una tumba muy decorada, describía:
—«He aquí la mujer más hermosa del Esponto Azul» —Adariel encontró el mismo encabezado en la siguiente página—.

¡Oh, mujer! ¿A dónde se ha ido tu belleza? Desapareció, ya que no era apreciada en este hoyo por los gusanos.

Adariel se sumergió en la lectura de aquel misterioso libro:

¡Muerte! ¿Dónde estás? ¿Dónde habitas? No lo sé, pero una cosa sé muy bien; tú no tienes miramientos. No respetas a nadie. Te llevas de la tierra de los vivos a los ancianos que han colmado sus canas con mil saberes y experiencias. Secas al joven que miraba en lontananza la estrella de deseos y quereres. Extirpas al adolescente que corría, sin haberle dejado conocer la vida. ¡Malvada! Arrancas de cuajo al tierno recién nacido. ¿Acaso algo te da miedo? Si te atreves a destronar reyes con tu gélido respiro. Te ríes a carcajadas de las riquezas del poderoso que intenta comprarte un segundo más de vida, pues el oro y la plata no te importan. Tú, siendo un simple esqueleto abates sin cuidado al más bravo luchador; al musculoso, derribaste; al hermoso, carcomiste; y al poderoso, arruinaste. Al pobre, indigente e ignorante, también lo infestaste. ¡Nefasta! No respetas a nadie. Tú único deseo es llenar el hades con víctimas por millares. La vida del hombre sobre la Tierra es como la leña sobre el fuego, cada segundo que vive es una chispa que se apaga.

Ella se estremeció con la lectura. Como un relámpago pasaron en su mente imágenes de una ciudad en llamas. La gente corría en todas direcciones, niños y ancianos caían bajo las fauces de un fuego aterrador. De repente, vio las murallas: eran blancas como las de Glaucia. En un instante, todo era ruinas y muerte.

En ese momento, arrojó el libro, las imágenes habían sido muy perturbadoras. Cerró los ojos por un instante, en cuanto los abrió, sintió de nuevo el deseo muy fuerte de seguir leyendo, como si alguien más que le ordenara leer sin detenerse:

¿Qué habrán hecho todos los que aquí yacen enterrados? ¡Qué corta es la vida! ¡El tiempo va devorando a los hombres desde que nacen hasta que por fin logra dejarlos como osamenta pura! No quiero terminar así. Quiero que mi vida corta, tan solo un punto en la eternidad, sea fecunda. Quiero desgastarme por algo que valga la pena, por los que siempre están en la necesidad de una mano amiga. Me gustaría volar para poder llegar a cada rincón de esta tierra y llevar paz donde exista la angustia; infundir amor donde el odio distorsiona; pero lo acepto, sé que no puedo hacerlo todo. Al menos, me pregunto si la alegría sonreirá de nuevo en esta tierra de miserias y tristezas.

La princesa notó que el día cedía a la noche. El horizonte ocultaba los últimos resplandores solares. Una neblina densa invadió el lugar en un instante. Su visibilidad se cerró a no más de cinco pasos. Adariel se dio cuenta de que cualquiera de las cuatro puertas de la muralla Kérea quedaba aún muy lejos. El frío sopló con fuerza y, al pasar por entre las tumbas, hacía temblar hasta las rocas. No muchos habían pasado alguna noche dentro del lugar. Se contaba que si alguno lo hacía, nunca más volvería a ser el mismo hombre; pasaba el resto de sus noches en vela, dado que en sus propios sueños era atormentado y sufría más de mil calamidades hasta que su cuerpo tornase a los muertos.

Adariel cerró el volumen y lo guardó en uno de sus bolsos. Tenía muy presente las palabras del rey Alancés. Se alejaría de ahí y volvería al día siguiente a esperar la prueba. Pero una voz que escuchó en su interior le indicó que siguiera leyendo.

—¿Quién habrá escrito semejantes reflexiones? —se preguntó al no saber por qué no podía dejar de leer. Volvió a abrir el libro y se fue a las últimas páginas. Estaban en blanco. —Parece que no tiene final —pensó, luego buscó lo último que había quedado escrito. La última página que encontró escrita decía:

¿Ruidos? ¿Pero qué son? Se escuchan de todos lados y a la vez de ninguno. Son extraños. ¿Será que alguien habrá llegado? No. Estoy solo. Parecen cadenas. Sí, son cadenas y están golpeando algo. ¿Qué será?, se están acercando. Esperaré aquí. Lo seguiré describiendo en mis memorias. El primer golpe de cadenas fue seco y lejano. *Din*. Cada vez lo escucho más cerca. *Din, din, din*. La noche me rodea. No hay luna ni estrellas. *Din, din, din,* se acerca. Miro a mi alrededor, pero no veo nada. El ruido es más fuerte. ¿Qué?, se escuchan gritos. Son aterradores. Din, din, din. Marchan hacia a mí. Tengo miedo. *Din, din, din, din,* no cesa. *Din, d...*

El texto no seguía más. Unas gotas de sangre parecían ser la firma del pensador.

A Adariel le entró un miedo casi palpable. Se encontraba sola en Mankeirogps. Con paso rápido intentó alcanzar la puerta norte, pero la noche también aceleró y cubrió con su velo la Tierra. Un escalofrío penetró su corazón. Todo se hizo silencio. Adariel intentó seguir avanzando, pero lo único que logró fue darse cuenta de que se había desviado y no sabía cuánto. Solo le quedó la opción de avanzar y caminar a ciegas por aquellos lugares. La noche era oscura. No brillaban ni la luna ni las estrellas. El silencio era profundo y aterrador. De pronto, escuchó un *din*. El ruido fue en seco y semejante al de una cadena. Le pareció que venía de todas partes y a la vez de ninguna. *Din* volvió a escuchar en las lejanías. *Din, din, din*. La cadena trepidó en el suelo. *Din, din... din*. Después, del golpeteo hubo gritos de horror y dolor que aturdieron a la princesa. El frío la abrazó. El miedo la invadió por completo. Cientos de escalofríos la cercaron. El libro se le cayó de las manos. Adariel soltó las riendas del caballo y corrió, corrió y cayó al suelo. Se levantó con el rostro cubierto en cenizas. Se limpió los ojos y volvió a correr, pero tropezó de nuevo. Céntar la había seguido hasta ese momento, de pronto, relinchó como si hubiese sido herido de muerte o como si hubiese sido poseído por algún espíritu del lugar y se alejó perdiéndose en la oscuridad. La princesa se incorporó y avanzó. *Din, din, din*, siguió escuchando. Adariel tuvo que tantear su camino, se sentía ciega. *Din*. Le pareció como si todo su contorno se hubiese transformado en peligro. *Din, din*. Le pareció que todo se volvía traicionero, hasta su misma sombra, si es que tenía en ese momento. *Din, din…* se acercaba.

De pronto, presintió como si de cada tumba salieran miles de ojos que la observaban. El continuo golpeteo de cadenas seguía persiguiéndola.

Espantosos quejidos invadieron la necrópolis. Ella miró hacia atrás, pero no pudo ver nada en absoluto. Sin embargo, notó que un fétido olor a sulfuro invadió el lugar. La cabeza le dio vueltas. En sus manos sentía las frías lozas de las tumbas. *Din, din, din, din*. Adariel resbaló y la boca se le llenó de cenizas. Escupió desesperada, pero el sabor se le quedó. *Din, din*. Los gritos se hicieron más fuertes. Notó que el traqueteo de cadenas se arrastraba no muy lejos de ahí. *Din, din, din…* ella quería alejarse. Pero entre más rápido avanzaba, más incrementaba el estruendo de cadenas.

El viento había traído, una vez más, la lluvia. Un rayo cruzó el horizonte. El relámpago iluminó el cementerio. Su contorno se volvió visible. Ella había deseado tener algo que le iluminase el camino. Sin embargo, en ese momento prefirió aún más no haber visto lo que vio. El instante de luz que tuvo, le mostró dos hileras de hombres a cada lado. Muchos aún tenían el arma que había terminado con sus vidas. Sus rostros eran escalofriantes, sus ojos escupían odio y desesperación. De sus bocas exhalaban olores putrefactos. Sus cuerpos mostraban las heridas de la corrupción. Sus gritos eran espeluznantes y la cadena seguía detrás... *din, din, din*. Le pareció que todos alargaban sus manos hacia ella. La princesa Adariel se quedó petrificada frente a la visión. Las estridentes cadenas siguieron su camino... *din, din, din, din...* La doncella volvió su mirada a sus espaldas y no pudo creer lo que veía. Le pareció que era como la sombra de un híbrido entre hombre y mamífero o quizás entre un hombre y algún ser marino. Con sus ojos iba sembrando el espanto y la destrucción. De su boca emanaban gritos que aturdían el corazón y no los tímpanos. *Din, din, din...* La princesa sintió que se le salía el alma y el corazón se le partía en dos. Vio las enormes cadenas que pendían de los brazos y de los pies del espectro. Esa sombra tenía una consistencia muy extraña, pues aunque se escuchaban sus pisadas no tocaba el piso, las cadenas chocaban unas contra las otras pero hacían penoso el avance de su cuerpo, que traspasaba las tumbas como si fuese un espíritu.

De pronto, hubo un sonido que casi le arranca el alma de un tajo. Las cadenas que habían aprisionado al ser de la noche volaron en mil pedazos. El espectro se lanzó contra la princesa. El miedo la enmudeció. La princesa casi desmayada, y como por instinto, sacó un frasco que llevaba muy cerca de su corazón. Lo abrió y salió un suave murmullo: era un canto triste pero consolador de los grandes reyes. Era el agua *lacrimórum* que su padre, el rey Alancés, le dio en la última noche de Glaucia. Y con la melodía, una luz blanca apareció e iluminó todo en medio de las tinieblas. El espectro se cubrió el rostro, cayó de espaldas y al tocar el suelo sagrado se esfumó. Las demás siluetas aterradoras que intentaban agarrarla a ambos lados desaparecieron también.

Fue entonces que los grandes reyes de antaño se levantaron, engalanados de vestidos llenos de la majestuosidad de los tiempos pasados. Sus rostros resplandecían de gozo puro; los buscadores de la verdad. Aquellos guerreros que en otros tiempos salvaron la Tierra de tantos males, se levantaron de sus tumbas, portando sus augustas armas. Formaron una valla a los costados de la princesa mostrándole el camino que debía seguir. Unos inclinaban la cabeza a su paso. Otros doblaban las rodillas hasta tocar tierras sagradas. Muchos la saludaban con sus brillantes espadas.

La neblina reinaba en todos los contornos, pero no se atrevía a invadir el sendero señalado para la princesa del reino de Glaucia.

Adariel quedó pasmada al escuchar una voz muy familiar que la llamaba.

—¡Salve, oh princesa de Glaucia!

—Pero… —Adariel no lo creía.

—Acércate —continuó la voz. Ella titubeó —no temas, niña mía, soy yo quien te habla—.

La princesa se acercó para abrazarlo, pero el espíritu de su difunto abuelo la detuvo.

—No me toques. Pertenezco a la vida de los del más allá. He venido con una noticia y una misión para ti. No creas que el hecho de que te hayas perdido al encontrar ese libro fue pura coincidencia. La coincidencia no existe.

La princesa sintió el calor de la protección de su abuelo y de todos los reyes de antaño. El miedo la había abandonado y ahora sentía como si estuvieran curando y limpiando en elíxir su corazón.

—La prueba que debías de pasar, normalmente es puesta por los antiguos reyes. Sin embargo, la tuya vino del mismo que escribió la profecía en los cielos para esperanza de los hombres y para desesperación de Kyrténebre. Has sido la elegida para llevar adelante su plan de justicia. En tu seno crece el futuro rey de reyes y en tu pecho descansa el diamante herido. Así que tu prueba fue enfrentarte a la Sombra del mal. Aquella que ha sido desatada y se levantará contra los habitantes de Ézneton y que solo podrá vencer el rey de reyes. Mi misión es transmitirte el mensaje de que has cumplido con la prueba y que has sido encontrada digna no solo de pertenecer al linaje de los reyes antiguos, sino aún más, de ser exaltada sobre nosotros mismos y que serás la primera educadora del futuro rey. Aunque lo que te digo es maravilloso, no verás con tus ojos mortales la gran dicha, ni se te honrará en vida por tu valiosa cooperación. Todo será de un modo distinto pero no por ello menos sorprendente, lo será aún más y de manera misteriosa te sentirás más regocijada. El futuro rey de reyes será instruido en todas las artes de un rey, que por estirpe es heredero de la corona de Glaucia, la ciudad Blanca, y de Alba, la ciudad del Unicornio. Sin embargo, él no será probado en Mankeirogps, ni se le revelará su identidad. Él tendrá que forjar el camino que le lleve a hacer surgir la esperanza de las cenizas.

El anciano abuelo de Adariel y rey de Glaucia miró a lo lejos.

—Niña mía, no me queda mucho tiempo. El sol pronto aparecerá por el horizonte, borrando toda sombra sobre la faz de la Tierra. Veo que en tu corazón yace la pregunta de por qué tu papá e hijo mío el rey Alancés no está entre nosotros, ni tampoco tu amado esposo, el príncipe Alear. No temas por ellos, pues la sangre derramada por las buenas causas también sirve para entregar sus almas al descanso eterno…

Un rayo fulminante cruzó la atmósfera iluminando los contornos de aquella mañana. Adariel miró la llegada del nuevo día con cierta melancolía. Su primera luz se llevó a su ser querido como el viento se lleva el humo. El rey, el séquito de reyes y la valla de guerreros habían desaparecido, dejando tras de sí una extensión de piedras frías.

La neblina que había también se dispersó como un sueño al despertar. La muralla Kérea quedó desnuda frente a ella y ahí estaba la puerta del norte justo en el mismo lugar en el que su abuelo había desaparecido. Fuera de la muralla pudo ver que Céntar la esperaba.

La princesa apretó con su mano izquierda la talega con el diamante herido dentro, y con la derecha acarició su vientre sintiendo a su hijo. Respiró profundo y con paso firme cruzó la puerta del norte.

El horizonte se abrió ante sus ojos con esperanza, mientras que las cenizas quedaban atrás. Para su regocijo, la aridez no se expandía mucho por aquella nueva comarca, dado que la arboleda florecía no lejos de la muralla y se explayaba hasta escalar las faldas de las majestuosas montañas llamadas Cuatro Picos. Allí era donde Rúvano permanecía, guarnecida por sus cumbres.

Al mediodía arribó al inicio del bosque. Entró por una vereda que se abría paso por entre los árboles.

Pronto notó que el camino se desvanecía casi por completo. Los árboles parecía que se apretujaban uno contra el otro como si escondieran algo. Adariel buscó alguna salida, pero tuvo que volver sobre sus propios pasos hasta llegar a donde se podía ver con perfección el camino. Lo retomó, lo siguió y lo volvió a ver desaparecer. Trató por un lado y por otro, pero el camino no aparecía.

—¡Han destruido el camino! —dijo algo enfadada de no poder abrirse paso por aquel laberinto—. Pero, ¿por qué?

Se aventuró más en dirección norte por todos los pequeños senderos que halló. Pasado un tiempo sintió hambre y se detuvo a comer.

Se sentó sobre la hojarasca a la sombra de los árboles. Desde ahí, su imaginación la llevó de nuevo a las entrañas de Mankeirogps. Recordó las palabras de su difunto abuelo, las vallas de los hombres y el miedo que la había abrazado ante la Sombra del mal. Descansó una vez más en la esperanza que se le había anunciado, cuando un cabalgar la sobresaltó.

Prestó oídos al viento y dirigió a Céntar con cautela. No anduvo mucho tiempo, cuando encontró el límite del bosque. Sus ojos exclamaron al ver avanzando a un grupo de guerreros. Todos a caballo y protegidos de armas. Le bastó una ojeada para reconocerlos al instante.

V

EN COMPAÑÍA

La comitiva era de quince jinetes. Todos iban con sus armaduras negras con un hermoso unicornio pintado en las pecheras. Su estatura era similar a la de los hombres de Glaucia. Sus rostros eran blancos y sus ojos con un tinte muy parecido a los de la princesa Adariel solo que más oscuro. A los costados de sus caballos colgaban unos escudos negros con imágenes de unicornios sombríamente pintados para dar terror a sus enemigos y para que ellos mismos se distinguiesen en la batalla.

Al frente de todos marchaba el general. Su estatura era más que la mediana, sus insignias eran las mismas de los demás, salvo que al lado izquierdo del brazo un diamante rojo lo distinguía del resto.

El rey Alancés había prestado mucha atención al orden en la ciudad del Unicornio, tanto en la construcción de la urbe misma, como en la distribución de sus fuentes de alimento y en la formación del ejército. Glaucia había sido una ciudad ya formada desde tiempos remotos, en cambio, el rey no pudo dirigir las obras del nuevo reino basado en la experiencia de gobernar Glaucia como en todas las bondades que había visto en otras ciudades y reinos del momento presente sino, además, que se basó en sus largos estudios frente a los libros. Era así que había decidido cómo construir la ciudad, y en cuestión del ejército qué materiales usar en sus armaduras y cómo hacerlo tan fuerte, firme y superior.

Por el rostro del general se veían el paso de muchas nevadas y su tez reflejaba las fatigas del sol. Su cabello develaba algunas cuantas canas, sobre todo, cerca de las sienes. Adariel supuso que había sido uno de los grandes generales a los que su papá había ofrecido la oportunidad de renunciar a su origen como glauco para convertirse en un albo.

Según las usanzas de la tierra Ézneton, cuando un reino nuevo nacía, todos sus fundadores hacían un juramento y una renuncia. El primero consistía en prestar obediencia a su nuevo rey y dar la vida antes que deshonrar su nominación de nuevo lugar de origen; por lo tanto, también renunciaban a todos sus derechos como antiguos ciudadanos de otro u otros reinos. El caso de Alba había sido igual, el rey Alancés al ver el vasto imperio que tenía que ser vigilado por él y ante las expectativas de presentar una mejor contienda frente al gran enemigo del sur, decidió crear un nuevo reino. Además, de esa manera la gente sería mejor atendida porque según él, la primera obligación de su reino era su propio pueblo. La única diferencia fue que mientras el rey les otorgaba un rey propio tendrían que seguir bajo el mandato del rey de Glaucia. Todos aceptaron. Sin embargo, con el pasar del tiempo, ellos mismos le rogaron al rey Alancés que querían que uno de su sangre fuese el rey de Alba para que no se perdiese la estirpe real surgida desde los comienzos de Glaucia. Así que el rey decidió cumplir sus deseos y mientras tanto puso un senescal temporal.

Así que la princesa Adariel imaginó que aquel general debía de ser uno de los primeros albos en hacer el juramento y la renuncia. Su padre le había dicho que los elegidos para ser de los fundadores habían aceptado solo porque esa había sido la expresa voluntad del rey. Muchos otros buscaron nuevas oportunidades, aunque todos sabían que un lazo de sangre y carne los unía para siempre con Glaucia.

La princesa no podía unirse a ellos, como le habían confirmado sus antepasados, ella era la princesa tanto de Glaucia como de Alba, haciendo la unión más íntima que la sangre y la carne mismas, ya que temía que la descubrieran. Porque si lo hacían, los albos le pedirían que como princesa de Alba, la del Unicornio, fuese a la ciudad para ser coronada y así poder reinar a su pueblo. Sabía muy bien que ella se tendría que negar y eso descorazonaría a su propio pueblo. Ahora, debía ir a Rúvano para presentarse ante el sapiente Sénex Luzeum y pedirle consejo, así se lo había indicado el rey Alancés.

La princesa se dio media vuelta pero el caballo Céntar aplastó una rama vieja y seca. El sonido atrajo al instante a los albos.

—¿Quién vive? —preguntó una voz a tono de mando.

Adariel no iba a responder y se iba a alejar lo más pronto posible, pero el filo de una hoja fría sobre su cuello la detuvo. Frente a ella había un joven guerrero albo de ojos vivaces.

—No intentes huir —le dijo el joven albo mientras bajaba su espada. Después, la dirigió hacia su capitán.

El general la miró y junto con el resto de los albos se quedó observándola bien. Había un brillo muy familiar en esa joven. Pero en los últimos días, Adariel había sufrido debido a la furia de la naturaleza, así que el lodo junto con algunas heridas en el rostro hechas por las ramas de los árboles, le habían dado un cierto aspecto montaraz, borrando todo signo de realeza. Además, los albos no habían convivido mucho con ella y estaban acostumbrados a verla con el cabello recogido y con sus vestimentas de la realeza.

—¿Quién eres? —le preguntó el general.

Al ver que no la descubrían, optó por usar el seudónimo que le había dado al príncipe Zehofar.

—Soy Albina —contestó y añadió—. Me dirijo a la ciudad de Rúvano.

Fue en ese momento que la princesa Adariel notó que el general llevaba vendado el brazo derecho. Aunque por su forma de tomar las riendas parecía que el brazo herido no le quitaba nada de fuerza en su mano.

—Si te diriges a Rúvano, ¿por qué no contestaste a mi pregunta?

—Tienes que entender, —le respondió— que soy una mujer que viaja sola.

—Comprendo tu temor. Sin embargo, no debes preocuparte jamás cuando estés frente a un albo. Somos hombres de honor.

Ella inclinó la cabeza a manera de agradecimiento. El general viendo la situación de la que pensó ser una simple viajera extendió su bondad y honor.

—Si te diriges a Rúvano, Albina, te ofrezco la compañía de estos soldados que me acompañan. Nosotros también vamos hacia la ciudad.

Estuvo a punto de negar dicha oferta cuando pensó que era mejor saber por qué un destacamento albo se dirigía a Rúvano, además, podría enterarse de lo que había pasado con su papá y con su esposo, y con toda la ciudad de Glaucia.

—Te agradezco mucho tu ofrecimiento, pero no quiero ser ninguna molestia.

—En mi reino la hospitalidad es tenida sobre aras, así que no será molestia alguna. Soy el general Aómal —se presentó.

El joven que le había puesto la espada al cuello se acercó:

—Siento mucho haberte amenazado, pero estabas por escapar.

Además, tenemos nuestros motivos para tener ciertas precauciones.

—Es cierto —afirmó el general.

La princesa queriendo complacerlos y esperar ganarse pronto su confianza, se quitó la espada enfundada y se la ofreció al general.

—Es justo que tomen sus medidas y como muestra de ello, te rindo mi espada.

El general aceptó el gesto, tomó la espada y la entregó al joven.

—Toma, Adis, guárdala tú. En caso de que las necesidades lo requieran, regrésala a su dueña.

Sin embargo, antes de entregársela al soldado, notó que era una espléndida espada y que pertenecía a las elaboradas en Glaucia. Miró de frente a la princesa y se quedó pensando. Después, le pasó la hoja a Adis quien con un gesto simple entendió qué estaba pasando por su mente. Adis también observó a la joven por el rabillo del ojo.

Cuando la princesa vio que Adis colgaba la espada con mucho cuidado en su caballo y que luego dirigía una mirada inquisidora hacia ella, se dio cuenta de que había cometido un error. Su espada, no era como la de cualquier otro lugar. Se le había olvidado que tanto Glaucia como Alba tenían la costumbre de marcar sus espadas con el símbolo del reino y con las insignias de la casa a la que se pertenecía.

El general Aómal se dio media vuelta y ordenó:

—Andando.

La princesa se montó en su caballo y se puso a su lado, pensaba en cómo justificaría su posesión de un arma glauca y proveniente de la misma casa del rey.

Todos los demás jinetes siguieron a su general en formación. Solo Adis pareció quebrarla. Se había puesto a unos metros detrás de la princesa del lado derecho.

Adariel lo volteó a ver y notó que sus ojos destellaban inteligencia y astucia. Su consistencia era corpulenta pero delgada, de tal modo que no se veía muy musculoso. Por la forma en que cabalgaba, parecía ser un hombre muy ágil y recordando cómo se le apareció tan súbitamente frente a ella al momento de querer escapar, se dio cuenta de que poseía virtudes de un experimentado cazador, aunque apenas llegaba a los veinte años. Adariel dedujo que la estaba vigilando; al no tener nada malo qué esconder, se despreocupó del joven y siguió cabalgando en silencio.

A su izquierda, el general avanzaba como quien lleva a un amigo a un lado. Sin lugar a dudas, el que Adis estuviera vigilándola le daba toda la seguridad y tranquilidad al general. Sin embargo, notó que había algo más que le preocupaba.

—General Aómal, ¿qué te aflige? —preguntó Adariel. El general la miró y ella notó cierta melancolía y tristeza en sus ojos.

—Nada —contestó.

El general era bastante sincero como para que en su tono de voz no revelase su inquietud.

Pero la princesa insistió:

—Soy una mujer y las mujeres tenemos un sexto sentido. No es verdad que todo está bien. Aunque también, sé que como desconocida no debo interferir en nada, sin embargo, tú mismo me has otorgado el título de bienvenida entre ustedes y como tal, me siento obligada a preocuparme también por ustedes.

Aómal se quedó mirando un pájaro que volaba cerca, luego fijó sus ojos en la princesa y comenzó a hablar después de suspirar profundamente:

—Es una historia larga y triste.

—No importa, mi papá me solía contar muchas muy largas y algunas demasiado tristes —dijo ella recordando los tiempos en que se sentaba sobre las piernas del rey Alancés y éste le relataba los mitos de antaño, en donde se describían los reinos de antes, sus luchas, y los hombres y mujeres, sus amores y pérdidas.

En aquel momento el sol seguía brillando en las alturas. Los árboles que corrían a los costados del camino habían dejado su tonalidad parda para adoptar un bermejo, típico del lugar. Eran los árboles nativos de Rúvano, llamados rodros, los cuales, le daban a la ciudad su gloria y eran su materia de comercio más poderosa, porque crecían en su territorio. Su consistencia era muy especial, porque no pesaban mucho y aguantaban pesos enormes. Eran rojizos y difícilmente inflamables.

—Todo comenzó hace unos cuantos días atrás. Me encontraba en el bosque con una patrulla no mayor al destacamento que ahora me acompaña. En ese momento cruzábamos por los bosques del sur de Alba, cerca de los límites con Glaucia. La ronda que estaba haciendo era la de costumbre. De hecho, yo no suelo patrullar los límites del reino. Pero aquel día, el general encargado de hacerlo había enfermado, así que decidí tomar su lugar para distraerme un poco cabalgando entre los bosques.

Para sorpresa de todos nosotros, divisamos a lo lejos unos treinta gramas bien armados. Mandé varios a inspeccionar un par de kilómetros más. No quería quedar rodeado por algún ejército grama. Cuando regresaron mis espías, me indicaron que podíamos vencerlos sin peligro a una emboscada. Solo yo quedé herido de uno de sus dardos, —le dijo mientras le mostraba su brazo vendado y añadió— nada grave.

En cuanto acabamos con ellos, —continúo— regresamos a la ciudad. Ahí el senescal Atileo escuchó lo sucedido. Al instante, mandó llamar a seis generales. Con excepción de uno, los otros cinco saldrían con sus tropas a varios puntos del reino para vigilarlo de cualquier otra incursión enemiga. El otro iría al reino de Glaucia para informarle al gran rey Alancés.

Cuando la princesa Adariel oyó al general nombrar a su papá, recordó con honor que el pueblo de Alba se dirigía a él como «el gran» rey Alancés.

Yo quiero ser el que vaya hacia Glaucia —le dije al senescal Atileo—. Me respondió diciéndome que era un hombre de confianza para el gran rey Alancés. Pero que tenía miedo de que la herida me arrojase a la cama lleno de fiebre. Le aseguré que estaría bien. A pesar de eso, quiso que me acompañara otro general por si recaía. Cuando llegué al patio, me encontré con que casi todas las tropas estaban listas para partir. Me acerqué a la mía y ahí encontré al general que me acompañaría. Decidí darle el mando de la tropa. Se negó diciéndome que el senescal le había pedido que me acompañara, en caso de que me sintiese mal, yo pudiese descansar y él dirigir a los hombres. En cuanto todos estuvieron armados y montados en sus caballos di la indicación y partimos a toda velocidad hacia Glaucia. Primero tomamos el camino, pero a la mitad decidí cortar por el bosque. Me urgía llegar lo más pronto posible para avisarle al gran rey Alancés de la incursión enemiga. Hasta ese momento, el bosque lleno de sus diferentes pinos se elevaba tranquilo y por la altura que tenían no podíamos ver a lo lejos. El terreno entre Alba y Glaucia es bastante plano, en cambio, cuando estás en las fronteras del norte es cuando se vuelve todo montañoso, de hecho, los límites de ambos reinos terminan con las Montañas Nevadas y ya luego se extiende lo que en otros tiempos pertenecía al Riomönsón al este y las fronteras sureñas de Rúvano.

Con toda la calma que había a nuestro paso, juzgué que podría ser alguna horda grama incauta que había cruzado los límites prohibidos para ellos. Pero pronto noté algo extraño entre un grupo de árboles. Estaba lleno de flechas y aljabas, de cascos, de espadas y escudos.

Las hachas las vi en la base de los que habían sido árboles, ahora quedaban unos troncos muertos pero aún frescos. El suelo estaba lleno de miles de pisadas gramas. En mi mente vi la imagen de la ciudad del gran rey Alancés sitiada por completo. «¡Desenvainen sus espadas!», grité mientras sacaba mi espada y la agitaba en el aire.

Sentí que un escalofrío corría por todo mi cuerpo. Pero seguí cabalgando con todas mis fuerzas al frente de mi tropa. De hecho, los había dejado unos metros atrás. Así que fui el primero en cruzar el lindel del bosque y ver a lo lejos las murallas de la ciudad Blanca. Aunque había escuchado unos silbidos como de flechas, no me detuve. Mis ojos estaban fijos en lo que nunca antes habían visto. Las murallas estaban abrazadas por cientos de fuegos. Aún me quedaba mucho para llegar al pie de la muralla y ya sentía el calor. Mi corazón se incendió en enojo.

Creo, bajo consciencia, que nunca he actuado mal como general, pero aquella vez la ira me cegó. Ver a la ciudad que amas con todo tu corazón dando sus últimos suspiros de vida. No es fácil. Porque los silbidos que había escuchado habían sido verdaderas flechas que me había arrojado un grupo de gramas que festejaban con los expolios del saqueo de la ciudad. Esto lo supe más tarde porque la imagen que tenía delante de mí y el furor que quemaba mis venas eran aún más grandes: millares de cadáveres cubrían los suelos. Un olor fétido, muy desagradable, inundaba el ambiente. Cuando llegué frente a la entrada principal de Glaucia, la encontré despojada de lo que habían sido sus maravillosas puertas milenarias. En cambio, un velo de fuego me vedaba el paso.

Sin pensarlo dos veces, me lancé contra las llamas. Por dentro, el espectáculo era más aterrador: montones de cadáveres gramas y glaucos regados por todos lados. El caserío, antes tan blanco y pulcro, ahora brillaba enrojecido por las llamas. El caos se paseaba con descaro por la ciudad. Las torres, hermosas como flores, presentaban un aspecto marchito. Lágrimas, sollozos, miedo, terror, tristeza, soledad, angustia, dolor… no lo sé bien, pero fueron muchos los sentimientos que sentí en breves momentos. Mis deseos eran los de un hombre que se encuentra en medio de una pesadilla y se quiere despertar aterrado pero tranquilo diciendo que no fue más que un sueño, sin embargo, la realidad la tenía frente a mí. Mis ojos no me engañaban.

Busqué por toda la ciudad algún sobreviviente que me contara lo sucedido, pero todo estaba destrozado. Había cuerpos de glaucos mutilados y quemados. Dirigí mis pasos en todas direcciones sin saber a dónde ir.

El general tomó unos momentos para respirar, porque sentía que se le hacía un nudo en la garganta al recordarlo y volverlo a vivir en su mente. Adariel notó que arrugaba mucho más la frente y la angustia lo hacía verse diez años más viejo.

Por las expresiones de los demás, a ella le pareció que no habían escuchado el suceso con tantos detalles como el general lo describía en ese momento. Ella miró que tanto el general como sus hombres eran de confianza y que todos darían su vida por ella si supiesen que era la princesa Adariel, princesa por derecho de Glaucia y de Alba.

En cuanto a sus propios sentimientos, tenía que ser fuerte. No podía revelar una lágrima siquiera. Adis estaba cerca y aunque prestaba atención al general Aómal, la seguía observando. Fue en ese momento, en el que Adis, dejó de prestar atención al general y, sin quitar un ojo de la que él pensaba era una transeúnte llamada Albina, miró rápido hacia atrás, luego hacia adelante. Después, se quedó con los ojos fijos en los rodros, que parecían como paredes a ambos lados del camino de tan juntos que estaban los unos con los otros.

Solo Adariel se dio cuenta del comportamiento del albo.

—Mi búsqueda era inútil —continuó Aómal—. Me dolía tanto ver la ciudad de esa manera que ni siquiera podía distinguir bien los lugares tan conocidos y familiares para mí. Además, el fuego se había comido bastantes partes de la ciudad.

Desmonté mi caballo y tuve que seguir a pie, ya que el camino hacia el castillo estaba bloqueado por completo por cadáveres a ambos lados. Cuando logré entrar al castillo descubrí, para mi asombro, que el fuego aún perdonaba algunos lugares. Encontré los pasillos vacíos, desamparados y sin un alma en vida. Penetré cuartos, salas, subí torres, crucé jardines, bajé tantas escaleras, busqué por todos lados. Deseaba encontrar al gran rey Alancés, aunque en el fondo sabía que no lo encontraría ahí sino en el campo de batalla. Cuando ingresé a la antesala real mi esperanza se reavivó. No sé por qué. A lo lejos vi dos cuerpos, corrí a revisarlos, pero el humo las había asfixiado. Seguí buscando hasta que mi ilusión se esfumó en la última estancia. No había señal del rey, ni del príncipe Alear, ni de la princesa Adariel, quien era el último y único eslabón en el linaje de los reyes desde la fundación de Glaucia hasta el presente.

La princesa no logró detener una lágrima que se resbaló por su mejilla, cargada de muchas lágrimas contenidas. Se limpió lo más rápido que pudo. Todos estaban tan absortos en el relato del general Aómal que ninguno se percató de que Adariel había llorado con excepción de Adis, quien a pesar de parecer distraído en algo más, no la perdía de vista.

El general Aómal siguió contando:

—Regresé cabizbajo a la plaza principal. De ahí, me dirigí a lo que me pareció haber sido la parte más dura de la batalla. Mi paso era lento y pesado, levanté la mirada y pronto sonaron en mi imaginación los gritos de batalla: ¡Adelante glaucos! ¡Libres o muertos! ¡Coraje! Ante mis ojos aparecieron las líneas abalanzándose contra los gramas. Me pareció ver el valor de mis hermanos los glaucos. Estoy seguro de que su coraje no será superado por nuestra generación.

En esos momentos deseé haber estado en Glaucia el día del ataque. Me pregunté por qué yo no había luchado y había muerto ahí. Sin lugar a dudas, mi cuerpo estaría descansando en medio de héroes. No tuve más que arrodillarme sobre aquella pradera de titanes, agaché la cabeza y lloré.

Tiempo después, mis hombres entraron en la ciudad. Ninguno pudo gritar, ni exclamar, ni siquiera murmurar. Estaban atónitos. El general, que iba como asistente mío, se acercó hasta mí. Me preguntó por mi brazo, mientras colocaba su mano sobre mi hombro.

—¿De qué hablas? —le respondí balbuciendo.

—General Aómal, ¡tu brazo! —me señaló.

Fue entonces que presté atención a mi brazo y vi un hilo de sangre que caía de mi brazo derecho y cuando lo vi sentí dolor. Me di cuenta de que la herida había sido a unos centímetros de la otra. No me importó.

—No me había dado cuenta —dije mientras me mostraba una flecha grama.

—Un grupo de gramas —me explicó— seguía disputando el botín. Cuando saliste galopando a toda prisa, te vieron desde una explanada cerca de la muralla y te atacaron. Una de sus flechas te alcanzó. Nosotros logramos tomarlos por sorpresa. Aquellos que pudieron, salieron en fuga.

—Suficiente —le comenté— tenemos que regresar a Alba.

—Pero, ¿si queda alguien con vida? —me preguntó esperanzado.

—Nadie en absoluto —tuve que contestarle—. Todos han muerto.

—Pero, el gran rey Alancés, ¿dónde está? —insistió.

Simplemente bajé la cabeza mientras le decía que deseaba desde lo más profundo de mi corazón que el gran rey se hubiese podido escapar. También el príncipe Alear y la princesa Adariel. Por el contrario, si la familia real también había muerto, no nos toca a nosotros encontrarlos en medio de tantas piras de cuerpos. Debíamos regresar con el senescal Atileo y avisarle de lo sucedido.

Recuerdo que cuando dejábamos la ciudad uno de mis hombres comentó: «Es cierto, no hay nada que hacer aquí. Todo está destruido». Otro afirmó: «El mal ha venido a habitar en medio de estas murallas. Los tiempos que corren son tan negros y si no me equivoco empeorarán. Quizá nosotros no podamos extraer el mal de esta ciudad, quizás a nuestros hijos les toque hacerlo». Uno más agregó: «Dejemos que el fuego consuma la ciudad».

El regreso fue el más silencioso de toda mi vida. Durante el camino reflexioné la situación, me pregunté por la magnitud y fuerza del enemigo; en fin, solo pensé en lo ocurrido. Sin lugar a dudas, el terrible Enemigo, junto con sus vermórum, había usado todas sus artimañas para lograr llegar a los pies de Glaucia sin que ésta se enterara. Que si así fue, confirma los rumores de que Él y los suyos aún vivían y habitaban Ézneton. Sin duda, su poder va más allá que el de los hombres de esta Tierra.

El general seguía avanzando serio, como si sus últimas palabras fuesen parte de una profecía no escrita en ninguna parte, sino intuida por los corazones de algunos soldados que vivían siempre en constante amenaza al estar pegados al territorio enemigo.

La princesa, preocupada por la situación de Alba, que aunque sabía no podía hacer nada al respecto, le interesaba conocer cómo había reaccionado el senescal Atileo en esas circunstancias tan impredecibles y difíciles, así que preguntó:

—General Aómal, ¿cuál fue la reacción del senescal Atileo?

El general la observó y luego respondió con frialdad:

—Lo que debía hacer. Aunque tengo que agregar que mandó quemar todos los cuerpos y realizó una breve ceremonia en honor a todos los caídos.

La princesa Adariel se tuvo que conformar con aquella respuesta. Aunque imaginó que si el general Aómal se dirigía ahora hacia Rúvano debía de ser porque el senescal Atileo le pidió que realizase una visita diplomática para entablar relaciones ante algún posible ataque de los gramas a la ciudad de Alba, la del Unicornio.

Aunque Adariel entendió perfectamente que si ese era el plan del senescal Atileo, no tenía que temer un posible ataque. Su papá, el rey Alancés, le había dicho que uno de los planes de Kyrténebre era exterminar para siempre a los glaucos. Así que por el momento, Alba no tenía que temer, pero era mejor que mantuviesen los ojos abiertos, como hasta ahora lo habían hecho.

La comitiva se quedó por un tiempo en silencio. Cada uno iba reflexionando todo lo que Aómal había contado y cómo ellos mismos se hallaban metidos entre los hilos de la historia, porque de ellos dependía si el monarca de Rúvano se unía a Alba o no.

El único que no dejó de observar los rodros fue Adis. De vez en cuando se volvía hacia los árboles y ponía el oído por encima. En una ocasión, se resegó un poco y se apeó del caballo, y puso la oreja sobre el piso. Quedó extrañado y confuso. A pesar de mostrar ese comportamiento tan raro para la princesa, ella se dio cuenta de que aun así seguía vigilándola de cerca.

—¿Qué sucede, Adis? —preguntó Aómal, luego de que vio la cara de confusión que tenía en una ocasión que se había arrojado al suelo y después había galopado con mucha fuerza y se hubo tirado de nuevo al suelo.

—No sé, general —contestó algo desconcertado—. Este camino no me gusta nada.

—Ni a mí —lo respaldó Aómal—. Prefiero el antiguo camino. Entiendo que el antiguo ahora es algo tosco, pero es porque ha sido descuidado. En otros tiempos era uno de los senderos más transitados. Caminantes de todos lados iban y venían. Los pájaros cantaban en las copas de los árboles, fuentes brotaban por todas partes para saciar la sed de andantes y visitantes. El suelo era de mármol pulido. Aún recuerdo su color grisáceo. Además, era amplio y los árboles que lo bordeaban dejaban espacio para mirar el interior del bosque. Y, por si fuera poco, el otro dejaba correr el aire trayéndote la frescura del corazón de la foresta. Este camino, sin embargo, es todo lo contrario: plano, pero no pulido. En todo el viaje no hemos visto más de dos fuentes de agua. El aire parece estar viciado y tan denso que parece hasta monótono. Los árboles... no me gusta la forma en que están, parece como si quisieran esconder su interior, tan cerrados que asemejan una pared.

Por si fuera poco, este sendero es angosto y extraño.

—Al menos es más rápido que el antiguo, o ¿no? —insinuó uno de sus hombres.

—Lo es, pero para un grupo pequeño como el nuestro. En cambio, si fuera una tropa, el camino es demasiado angosto para que cabalguen en línea. Además, ni siquiera hemos escuchado el canto de los pájaros.

—Eso, ¿qué tiene que ver? —preguntó otro, deseoso de conocer y aprender más de un general como lo era Aómal.

—El hecho de que no escuches el canto de los pájaros no dice nada, ni tiene nada que ver, para un simple viajero, pero para un soldado y más como lo es uno de Alba, tiene que ser más observador y estar atento a los presentimientos. En lo personal, un camino que va entre el bosque y no te muestra su naturaleza es porque el que lo mandó construir quiere ocultar algo. Eso, a mí, no me gusta.

—En efecto —confesó Adis, que era como el sabueso de la comitiva, un hombre inteligente, práctico y fiel—. He estado escuchando el cabalgar de caballos en varias ocasiones, pero no consigo confirmar los hechos.

Todos miraron el cerco de rodros que separaban el camino del bosque.

—Hagamos una prueba, general —pidió Adis.

—Adelante.

El joven Adis le indicó a uno de sus compañeros que cabalgara a toda velocidad unos cuantos metros mientras que él estaba contra el suelo escuchando.

—¿Qué encontraste? —le preguntó el general.

—No logro percibir el retumbar del suelo —confesó.

—Eso es extraño —comentó Aómal, quien también se colocó junto a Adis y repitieron la prueba del caballo galopando con fuerza—. Sin duda, el piso está hecho para absorber todos los sonidos. Un camino bien hecho para observar desde fuera al que transita por dentro.

—¿Quieres que echemos un vistazo al otro lado de los rodros? —se ofreció uno de sus hombres.

—Este no es nuestro territorio —observó Aómal—. Sigamos adelante. La noche no tardará mucho en llegar.

Mientras avanzaban, los cuatro picos que rodeaban la ciudad, se elevaban más y más sobre los jinetes. El general calculó que estarían a las puertas de la muralla de la ciudad con la llegada de la oscuridad a sus alrededores.

Por fin la noche cayó sobre la comitiva, pero no hubo necesidad de encender antorchas dado que el cielo brillaba claro con sus estrellas.

—General, ¡la ciudad! —exclamó uno de los soldados que se encontraba a la cabeza de todos.

—Vamos, entremos antes de que nos cierren las puertas —dijo el general.

Todos los caballos relincharon y se lanzaron al tro-
te. Pero el caballo del general se fue quedando un poco
atrás. Adis se dio cuenta de que quería hablar con él en
privado, así que también se retrasó.

—¿Qué sucede?, general.

—Lo que pasa es que aún me sigue dando una corazonada esta joven que nos acompaña. Me parece que la
he visto antes.

—Sin lugar a dudas, ella ha tenido contacto con la
ciudad de Glaucia. Su atuendo, las riendas de su caballo y el caballo mismo, su manera de cabalgar, son todos
de Glaucia —observó Adis y añadió— su espada misma
procede del arsenal real.

—Lo único que no me explico es que si es de Glaucia por qué simplemente no nos lo dice. ¿Será que guarda algún secreto muy importante que no debe revelar?
—conjeturó Aómal.

—Es muy posible.

—Debe ser así —pensó unos instantes y luego le indicó regresarle su espada y hacer que se quedara con
ellos el mayor tiempo posible—. Un gran hombre me
dijo que las casualidades no existen. El destino debe estar tejiendo la historia con diligencia.

—Y ¿qué haremos con ella al momento de ir a pre-
sentarnos frente al rey?

—Sé que el tiempo nos revelará lo indicado. Ahora,
hemos llegado a Rúvano, mantén tus ojos abiertos.

Después, Aómal llamó a la princesa.

—Albina, toma tu espada y si no tienes a dónde ir, ven con nosotros. Conozco un buen lugar para descansar.

La princesa se colocó la espada a la altura de la cintura y aceptó la invitación que el general le hacía con el pretexto de que siempre era bueno conocer otras posadas que pudiesen resultar mejores que las ya visitadas, aunque en realidad, sintió que era el destino mismo quien le pedía que siguiera a los albos para así lograr dar con el mentor de su padre.

En ese momento cruzaron las puertas de la ciudad del rey Reminísteto, quien gobernaba la ciudad de los Cuatro Picos. Sus murallas eran grandes y poderosas. Sin embargo, su gente se veía más triste que alegre, llegada la noche, corre y se esconde en sus casas como si estuviese en constante peligro. Aunque también había gente agradable, pero no por ello descuidada. Con todo, había un olor a intranquilidad en el ambiente.

Momentos después, las puertas se cerraron con un fuerte golpe. Adis observó que las puertas de la muralla de Rúvano no tenían puertitas de acceso para la gente, sino que eran sólidas de arriba abajo. Si Rúvano estuviese ante un ataque, la construcción de sus puertas le sería un elemento a favor en contra del atacante y dedujo que deberían de existir otras muchas salidas pero ocultas.

El general los llevó por entre las calles.

—Conozco bien estas tierras y no es bueno visitar a alguien a estas horas. Así que es mejor dejar para mañana nuestra misión. Además, quiero presentarles a un viejo amigo. Síganme.

Aómal avanzó entre las casas en medio de la oscuridad de la noche como si fuera un habitante del lugar.

Toda la comitiva lo siguió muy de cerca. Ya habían doblado varias esquinas cuando a lo lejos vieron una luz tenue sobre un letrero que decía:

—El Andante —leyó contento Aómal.

A todos se les alegró el corazón al oírlo. A pesar de que eran buenos soldados, acostumbrados a marchar mucho, seguían siendo humanos y todos estaban cansados. No habían descansado realmente desde que salieron de Alba. Adis, siempre astuto y atento, fue el único que no sonrió.

—General, creo que desde que entramos a la ciudad, dos hombres no han parado de seguirnos.

—También yo lo noté, pero no hay que darle importancia. Una comitiva de soldados como la nuestra siempre llama la atención. De seguro son espías del rey. En todas las ciudades los hay, y más en tiempos como estos.

El general echó un vistazo a su alrededor de manera muy distraída. Cuando se aseguró que no estaban siendo observados ni oídos, le susurró a Adis muy cerca del oído:

—Las relaciones entre Glaucia y Rúvano han sido quebradas desde décadas atrás. Nuestra misión es reiniciar relaciones diplomáticas entre Rúvano y Alba, en especial, en estos momentos en los que estamos amenazados. Lo que sí te digo muy claro es que no debemos ser los únicos, cada reino, cada hombre, cada habitante de esta tierra debe buscar aliarse con los demás. Si no unimos nuestras fuerzas, pronto caeremos, uno a uno. No habrá más libertad, no habrá más niños jugando en las plazas, no habrá más sonrisas sobre los rostros de aquellos que viven. La muerte será deseada antes que la esclavitud bajo el imperio del gran dragón. Créeme, todo será caos y desesperación. ¿Comprendes?

—Tan claro como si fuera de día.

—Todo esto lo debes aprender muy bien, porque algún día serás un general de Alba. Y tú también deberás de pasar toda tu experiencia a varios hombres, sobre todo al joven que notes que tiene las cualidades de liderar un grupo de hombres, de tal manera que las enseñanzas que la vida nos va dando nunca sean en vano.

En ese momento, habían llegado justo frente a la puerta de El Andante. Uno de los soldados llamó a la puerta. Un ruido como de pasos sonó en el interior. Un joven regordete abrió la puerta. Su rostro era pálido, sus ojos tristes, pero sostenidos por unos cachetes bien redondos, aunque caídos. Cuando vio que se trataba de jinetes negros se estremeció desde sus dedos gordos hasta la bola de su cabeza.

—¿Qué quieren? —les preguntó temblando.

—Necesitamos lugar para dieciséis personas, comida, agua y...

—¿General Aómal? —exclamó, mientras que en su rostro se dibujaba una sonrisa.

—Él mismo. Pero, ¿quién eres tú?

—¡Uy! Hacía ya tantos años que no te veía y mis esperanzas se me habían caído hasta el suelo.

—Levántalas, porque soy yo, como puedes ver. Pero...

—¡Papá!, ¡papá! Ven aprisa. ¡Mira quién llegó! —gritó mientras se alejaba, dejándolos afuera.

Unos minutos después, dos personas parecía que volaban de tanto correr. La puerta entre abierta, se abrió por completo y aparecieron dos figuras redondas. Sus sonrisas eran tan grandes que los ojos apenas se les veían.

—¡Bienvenido, general!

—¡Ah! —Aómal los reconoció— ¿Cómo has estado, Reimor?

—¡Muy bien! —respondió Reimor, el posadero.

—Supongo que este hombre joven es nada más y nada menos que el pequeño Rimpi o ¿me equivoco?

—Sí, general, soy yo —contestó el mozo.

—Un momento, —reflexionó el posadero— ¿qué hacen afuera? Adelante, pasen, pasen, pasen. A ver Rimpi, vamos a ayudar al general a desmontarse.

Los jinetes entraron en el patio. Ahí ya no era oscuro como afuera. Se podía ver la posada en el centro, una construcción a la izquierda y el establo a la derecha.

—¡Rimpi!, lleva los caballos al establo.

—¿Todos?

—¡Muchacho flojo!, son unos cuantos.

—¿Unos cuantos? Son dieciséis caballos, y hay que darles de comer y tú allá dentro y yo acá fuera, y tú escuchando las historias y yo aquí trabajando y, y, y ¡no se vale!

—No hay por qué preocuparse mi viejo Reimor —el general trató de calmarlos—. Adis se encargará de quitarles las monturas y darles de comer.

El posadero Reimor echó una mirada tal a su hijo Rimpi que casi lo devoró vivo. A éste no le importó y ayudó a llevar los caballos al establo. Le indicó a Adis en dónde podría encontrar la comida y el agua para las bestias. Por su parte, Reimor llevó a los huéspedes al comedor.

VI

EN EL ANDANTE

La puerta se abrió con lentitud, dejando salir una luz vivaz. Los huéspedes entraron en la estancia que, aunque humilde, era agradable. Un comedor acondicionado para recibir, a un mismo tiempo, alrededor de cuarenta comensales. Las mesas construidas de rodro, daban un color casero, además que combinaban con el café del suelo. Una vela blanca y algunas hojas del árbol del lugar las adornaban. Del techo colgaban candelabros y de las paredes pendían pinturas de alejadas regiones.

Una voz femenina salió de las rendijas de la puerta que partía la pared derecha:

—Reimor, querido, ¿quién llegó?

—Mujer, ven para que veas con tus propios ojos quién ha llegado. Estoy segurísimo que no te lo vas a creer.

El general Aómal acarició sus canas al lado de las sienes. Miles de recuerdos brotaron en su memoria, al tiempo que una señora robusta salía de la cocina.

—¡Ah! —exclamó con alegría la buena mujer.

—Rema, ¿cómo estás?

—¿Yo? Pues muy bien, general Aómal, y ¿tú?

—Muy bien, gracias.

—Pero, mira cómo has cambiado, general —y comenzó con la larga leyenda de cambios que había sufrido.

—Es cierto, Rema. La vejez ha sido muy cruel conmigo, —luego casi hablando para sí mismo, agregó— aunque también los tiempos me han azotado con ferocidad.

—¿Qué te trae por estos rumbos, general? —inquirió Reimor.

—¿Nos vas a contar historias? —le pidió el curioso Rimpi.

Aómal dirigió sus ojos hacia sus compañeros. Los vio tan cansados y hambrientos. Después, su mirada se dirigió a la joven. Adariel permaneció en una esquina guardando silencio. Se compadeció de ella y observó que necesitaba más del descanso que de la comida.

—Reimor, yo podría contarte aquellas noticias que vuelan tan rápido como el viento. Pero, antes que nada —y dirigiéndose a Rema, le pidió—: ¿te podrías encargar de un acompañante muy especial?

—Desde luego que sí, general. Ordena y yo obedezco.

—Te agradezco mucho tu disponibilidad —le dijo con una sonrisa. Luego, le indicó con la mano— Albina es su nombre.

—Pero, ¿una muchachita? ¿Qué haces por aquí? Pero, si te ves tan linda, tan callada, tan…

—Rema.

—Sí, general —contestó ella entusiasmada, porque Aómal era una persona muy especial para la familia de la posada El Andante y hacer lo que él les pedía era agradable para ellos.

—Necesito que la lleves a un cuarto particular, si es posible.

—No te preocupes. Nosotros tenemos un lugarcito en muy buenas disposiciones. Es un lugar muy bueno.

—Me alegro de que ofrezcas lo mejor que tenemos a aquellos que en verdad son nuestros amigos —asintió Reimor satisfecho.

—Albina, creo que necesitas descansar y si quieres comer algo, puedes cenar aquí y luego ir a donde ella te indique.

—No te apures, general. Yo misma le voy a llevar una comida exquisita y vas a ver que la doncella va a dormir y descansar tan bien como una flor que duerme en los jardines del más allá.

—¡Ay!, mujer, tú y tus habladurías. Deja de andar poniendo comparaciones tan toscas. Mejor di que se va a dormir y punto final y, y… y ya no sé qué decir.

Adariel les agradeció su hospitalidad ya que, en verdad, se sentía muy cansada.

—A ver, linda, sígueme. No tengas miedo ni pena de pedirme y decirme cualquier cosa que se te ofrezca.

Adariel dio las buenas noches a todos y siguió a la posadera. Entraron en la cocina. La cruzaron. Penetraron un pasillo que daba paso a una sala con una alfombra en el medio. Ella movió un poco los sofás. Luego, enrolló el tapiz. Se acercó a una pared y contó cinco pasos. Sin perder la distancia, se dirigió hacia la pared lateral. Contó tres pasos y medio. Pidió a Adariel que se parara exactamente donde se unía la suma de sus cuentas. Rema salió de la sala canturreando:

> Bella, bella, linda niña,
> hoy vas a saber

el secreto de nosotros.

Bella, bella, linda niña,

vas a dormir y descansar,

nada ni nadie te va a molestar...

La mujer regresó con una herramienta, más que común era extraña y compleja. Le pidió a Adariel que se moviera del punto exacto. Se agachó y comenzó a golpear el suelo. ¡Pum!, ¡pum! Una parte de la superficie de madera comenzó a salir. Adariel la miraba con asombro. Rema siguió su labor hasta que extrajo la tapa por completo. Después, volvió a tomar su aparato extraño y lo colocó sobre la superficie que ahora se mostraba. Apretó hacia abajo, luego hacia arriba, hacia abajo y arriba. Quitó la cubierta. Apareció una escalera que descendía hacia la oscuridad. La posadera le sonrió:

—¡Este es el lugar!

—¿Éste? ¿Por qué me van a tener tan escondida?

—Si te digo la verdad, es que el mejor cuarto lo tenemos allá abajo. Además, son muchos los que vienen con el general, no tengo un cuarto en donde pueda ponerte solita más que el de allá abajo. Entiendo que nosotras como mujeres debemos tener algo de privacidad.

La princesa Adariel le mostró una gran sonrisa de agradecimiento. Llevaba mucho tiempo que había viajado sola y, ahora, lo había hecho pero rodeada de puros soldados. Le hacía falta algo de intimidad femenina con otra mujer.

—Muchas gracias —le dijo—, hace tiempo que necesito darme un buen baño y dormir.

—Exacto, niña Albina. Espérame un momentito, voy a traer un poco de luz.

En segundos, venía de nuevo con un par de velas. Le pasó una a la princesa. Se acercó a la escalera e inició el descenso. Adariel la siguió. No habían bajado más que unos cuantos escalones cuando llegaron a un pequeño corredor que daba a diferentes puertas.

—Aquí tenemos una despensita, —comenzó a mostrarle lo que se escondía detrás de cada puerta— en este otro cuarto guardamos aquellos objetos que más queremos. Ahí puedes ver una pintura muy hermosa de una espada. Lleva años en nuestra familia. Siempre nos la hemos pasado de generación en generación. No me preguntes quién fue el primero que la tuvo porque no lo sé. Solo sé que es una pintura que debemos de guardar y guardar indefinidamente.

Esa es la tradición familiar.

—Es una pintura hermosísima sobre la leyenda de la espada de la Alianza —dijo asombrada Adariel.

—Sí, la misma espada. Esta pintura muestra todas, pero, todas las piedras preciosas que tenía. Ahí las puedes observar.

—¿Tú crees en la leyenda?

—¡Ay, niñita! Eso es solo un cuento.

—Y si la leyenda fuera verdadera y solo ha pasado al olvido porque las piedras y la espada están escondidas.

—No, niña Albina. Estás muy cansada y tienes que irte a dormir.

La princesa dio una última mirada a aquella pintura, mientras la señora cerraba la puerta. La invitó a ir directo al cuarto sin mostrarle las demás salas. Llegaron al final del corredor. Abrieron la puerta y entraron. Con la vela de la posadera, la oscuridad se desvaneció, mostrando una cama bien tendida, algunas colchas colocadas en una esquina, y una pequeña mesa redonda con tres sillas alrededor de ésta. Un cuarto simple, pero agradable. La princesa se sentó en la cama.

—¿A gusto? —le preguntó la posadera Rema.

—Sí —le respondió, acariciando la suavidad de las sábanas.

—Allá tienes el baño —le indicó con el dedo—. Tiene una tina deliciosa para que te puedas bañar bien. Mañana te veo, dulces sueños —se despidió la posadera mientras cerraba la puerta.

—Gracias, en verdad —dijo Adariel, quien estaba maravillada de encontrar tanta hospitalidad en gente tan sencilla. No sabían que ella era una princesa ni que el destino de todos estaba puesto en ella. Así que decidió vivir de ahora en adelante enfrentándose a lo duro de la vida con la mejor sonrisa y siendo lo más humana posible. Suspiró con profundidad, sonrió y se levantó para darse un baño, cuando escuchó unos golpecitos a la puerta.

—Adelante.

—Mira, niñita Albina, uno de los soldados del general me entregó esto hace unos momentos. Me dijo que era tuyo.

—El cansancio me había hecho que se me olvidaran mis cosas en el caballo. Gracias.

La posadera le entregó una bolsa de viaje. Luego se le quedó mirando y le preguntó algo titubeante:

—¿Me permites hacerte una preguntita?

—Claro que sí —contestó la princesa Adariel, que aunque se sentía muy cansada y deseaba un buen baño, no podía negarle nada a quien la había tratado tan bien, además, ella era una princesa y como su papá le había dicho: los reyes están para servir a su pueblo.

—¿Cómo es que una jovencita como tú anda entre tantos soldados? Parece como si te estuvieran escoltando. Dime, ¿quién eres?; cuéntame, ¿de dónde vienes?, y ¿a dónde vas?

—La verdad es que no me vienen escoltando. Nos encontramos en el camino. Nos hicimos amigos y aquí estoy.

—Sí, así suele pasar con el general Aómal, primero te lo encuentras y aunque resulte ser un extraño, hace que te en cariñes con él hasta que llega a ser como de la familia. Te lo digo por experiencia. Al inicio, cuando llegó aquí, para nosotros era un simple cliente, pero siguió viniendo y poco a poco fuimos entablando amistad, hasta que ahora, como ves, lo queremos mucho, sin quitar aquella vez que mi Rimpi se enfermó y se me andaba muriendo, pero el general se lo llevó al instante a Glaucia o a Alba, no recuerdo bien, para que lo revisara un doctor. Le estamos muy agradecidos.

—Es un gran hombre.

—Sí, lo es, —aseguró la posadera Rema y sin perder ese sexto sentido de mujer le preguntó—: llevas algo en tu corazón, ¿qué pasó?

Adariel necesitaba abrir su corazón con alguien que tuviera uno muy grande como el de la posadera.

—Han pasado eventos terribles en la tierra de donde provengo. Muchas muertes, dolor, lágrimas, me cuesta mucho que haya tenido que ser así. Toda mi familia murió y muchísimas más familias también sufrieron la muerte. A veces, no es fácil encontrar un sentido y el interior nos oprime.

A la princesa Adariel se le escaparon unas lágrimas.

—Llora, niña mía, llora todo lo que quieras, es humano llorar cuando nos duelen las pérdidas de nuestros seres queridos. No soy una mujer de muchos saberes ni de libros, pero te puedo asegurar que cada persona tiene un trabajo que cumplir en esta vida, y esto es lo que da sentido a nuestro existir. Si tú vives, es por algo. No te desesperes.

—No es que me desespere ni crea que no tiene sentido mi vida, solo es que me duele haber perdido tanto —y sollozó.

—Lamento mucho lo que te pasó —le dijo acariciándole y abrazándola.

—Es que se supone que debo ser fuerte y no mostrar tanta debilidad.

—Ay, niña Albina, te repito, llorar y necesitar de un abrazo amigo no es debilidad, es simple y sencillamente ser humanos. Además, recuerda que el destino es capaz de realizar hasta lo que a nosotros es imposible: resurgir la vida misma hasta de las mismas cenizas.

Fue entonces que la posadera abrazó con fuerza a la princesa Adariel y ella se inclinó sobre el pecho de la señora hasta que se sintió mejor.

—Gracias, Rema, eres una gran mujer.

—No tienes nada qué agradecer. Ahora, duérmete tranquila y no te preocupes, nadie sabrá que has llorado.

La posadera Rema se levantó y le dio un beso en la mejilla a lo que Adariel respondió con un fuerte abrazo. En su mente recordó que su mamá le había prometido que siempre que necesitase de ella habría alguna mujer que hiciera las veces de ella. Pues, cuando la reina murió, la princesa tenía solo diez años.

Cuando la posadera salió, Adariel se metió al baño para lavarse y, luego, se fue a dormir.

Por su parte, Aómal se quedó en el comedor con Reimor y los demás soldados. El posadero se dispuso a servir la cena, pero el general prefirió que si la cena estaba lista, cada uno se sirviera para mayor rapidez. El dueño del lugar aceptó y los catorce hombres entraron en la cocina siguiendo al buen hombre. Él se subió sobre una mesa, para poder estar un poco más alto que los oyentes, y desde ahí comenzó a indicarles:

—¡Escuchen! —gritó—. ¡Escuchen todos!

—Ssshhh —sisearon los hombres hambrientos.

—Para que todos puedan comer rápido, voy a tratar de dar las indicaciones con la mayor agilidad posible. Espero que todos ustedes, desde luego, tengan buen provecho. Miren, yo nunca he estado así como un general dando indicaciones a tantos soldados. Por lo mismo, voy a tratar de dar las indicaciones sin mucha solemnidad, ni mucha habladuría —en cuanto dijo esto, muchos de ellos cruzaron los brazos, otros mostraron gestos de angustia. Tenían hambre.

Parecía que con cada palabra que salía de la boca gorda de Reimor, era una tortura más que los enflaquecía. Prosiguió sin inmutarse en lo más mínimo.

—Queremos dejar este lugar en buenas condiciones, sin que rompan mis platos, ni que desparramen el agua y, mucho menos, sin que desperdicien una gota de cerveza. Así que… Así que voy a terminar de arengarlos.

—Conozco la cocina —interrumpió el general Aómal—. Allá están los platos, allá los vasos, aquí el agua, por allá la sopa.

—¡Aquí está la cerveza! —gritó un soldado.

—¡A la carga! —ordenó Aómal.

Luego, Reimor vio cómo los hombres se movieron con destreza, agilidad y sin pérdida de tiempo. Se sintió como todo un general al comando de los guerreros más aguerridos, más bravos y más… —Hambrientos —dijo boquiabierto.

—Muchas gracias, Reimor —comentó uno al salir de la cocina.

—De nada —se apresuró a responder.

—¡Qué cerveza! —alardeó otro.

—La mejor de toda la región —sonrió el posadero.

En unos minutos, los caballeros estaban sentados dando cuenta de lo que tenían en sus platos. Reimor los veía comer. Momentos después, sin hacer mucho alboroto, cada uno se fue levantando de la mesa y el posadero les señaló los diferentes cuartos. Ellos fueron desapareciendo, hasta que por fin, el general Aómal se quedó solo con el posadero.

—¡Ah!, me siento como en los viejos tiempos, general. ¿Recuerdas cuando nos quedábamos solos y me contabas lo que sucedía allá en la tierra de los glaucos y de los albos? Y yo te relataba las historias que llegaban a mis oídos, de esas que cantan los viajeros de todos lados. ¿No te sientes así?

—Bueno, buen hombre. Los tiempos han cambiado tanto, como lo puedes ver por mis canas y mis arrugas.

—¡General!, aún sigues siendo un hombre fuerte, con la mirada en alto, el cuerpo derecho y el paso seguro.

—Tienes razón, el tiempo aún no me ha quitado todo.

—Sí, el tiempo —repitió pensativo—. Muchas veces me he preguntado qué es el tiempo. Porque el pasado, ya no existe, si me entiendes. Y luego, nos fijamos al futuro, pero no sabemos lo que vendrá. Es algo así como tomarse una cerveza.

—¿Como tomarse una cerveza? —exclamó Aómal con una gran sonrisa.

—Sí, no sé si me explico bien, general.

—En verdad, no.

—Cuando uno se toma una cerveza, en especial una de las de Rúvano —sonrió Reimor—, uno puede disfrutar aquel trago que está en la boca, pero no puede disfrutarse el que ya pasó porque ya se fue, pero tampoco uno puede disfrutar el que está en el tarro dado que está ahí y no en la boca, ¿me explico, general?

Éste lo observó con asombro. Le pareció que las experiencias de la vida le habían aclarado el cerebro, al menos un poco.

—Parece que no has tenido mucho trabajo en estos últimos días y te has dedicado a filosofar un poco.

—La verdad es que no he tenido muchos viajeros últimamente —le contestó sonrojado Reimor—. Pero, ¿qué te llevó a intuirlo?

—Cuando uno hace mucho trabajo, se nos olvida que tenemos que descansar de vez en cuando y aprovechar esos momentos para pensar y reflexionar en lo que pasa en nuestras vidas.

—Es bueno, sentarse de cuando en cuando y pensar un poco —admitió Aómal.

El general se le quedó viendo con cierta admiración. El tiempo, en verdad, había obrado maravillas en aquel posadero. Sin duda, lo había hecho más sensato de lo que era antes, con excepción de cuando regañaba a su esposa por sus buenas comparaciones, siendo que él, también lo hacía, aunque con menos brillantez que Rema.

—Pero, pasemos a recordar los viejos tiempos —pidió Reimor.

En eso, la posadera Rema entró en el comedor. Miró a los dos hombres sentados, uno frente al otro.

—¡Ay! Los viejos amigos, siempre tan felices y contentos. Pero, ¿no invitan, verdad?

—¡Ah! Rema, siéntate, por favor.

—Gracias, general.

—¿Cómo está Albina?

—La niña Albina, ¡es todo un tesoro! —respondió haciendo hincapié en cada sílaba—. Tiene un rostro semejante a la hermosura de la luna y sus ojos son tan lindos como las estrellas.

—Mujer, es una joven de Alba —dijo el posadero—. Ya ves que ahí las mujeres en su mayoría son muy así. Pero, eso es todo.

—Es que, ¿no te das cuenta, Reimor? —le replicó Rema—. Ella es especial. Sí, tiene algo especial. Lo puedo ver en sus ojos. Ya sé, tú no te das cuenta porque eres un hombre. Pero yo, que soy mujer, puedo ver cosas más profundas que tú. Yo te puedo decir que...

De un golpe se abrió la puerta. Un hombre jadeante entró al comedor. Llevaba una capucha negra que le cubría por completo. Rema se le enfrentó con gritos y Reimor con el puño alzado. El hombre retrocedió. La capucha se le resbaló y desveló su armadura negra con el unicornio en el pecho.

—Perdóname —murmuró cabizbaja Rema.

—Solo quería decirte, bienvenido —mientras Reimor bajaba el brazo.

El general y Adis rompieron a carcajadas. Los dos posaderos sonrieron con una pena que pareció que llevaban tomates por cabezas.

—No se preocupen —les respondió una y otra vez.

—Pero...

—¡Estoy bien!

—Y...

—No, no estoy asustado, señora.

—Le...

—No, señor, no me hicieron enojar.

—Necesitas...

—No, señora, no necesito —pero se contuvo, y con un veloz pensamiento cambió de opinión, creo que sí necesito algo.

—¿Qué? —le preguntaron al unísono.

—Un olor muy agradable me ha abierto el apetito.

—Te traemos...

—Sí, tráiganme todo lo que quieran y puedan, ya mi estómago dará cuentas de ello.

Ambos se abalanzaron contra la cocina.

—Todo salió de maravilla para poder platicar contigo, a solas —inició Adis.

El general le prestó atención.

—Todo empezó cuando salí otra vez al patio, después, de darle a la señora el bolso de Albina. Regresé al establo.

Desde ahí, observé cómo el pequeño iba y venía por el patio. Por mi parte, aproveché para desensillar los caballos y ofrecerles algo de comer. Cuando terminé, me senté en medio de la paja, junto al establo. Ese que está junto a la pared que da hacia la calle. De ahí, podía analizar toda la situación.

—Más o menos lo recuerdo, pero continúa.

—Como ya dije, el niño iba y venía mucho.

—Rimpi —le corrigió el general.

—Perdón, Rimpi iba y venía mucho. Escuché un toque en la puerta. Rimpi se enojó, no sé por qué, y se dirigió a contestar. No pude escuchar qué le preguntaron, pero como él les contestó a gritos diciendo que no les importaba y que se largaran. Después, dijo algo que me llamó la atención…

El general movía sus dedos sobre la mesa, como si la estuviera rascando con lentitud. No perdía una sola palabra de Adis.

—Intuyo, —juzgó el joven— que las relaciones públicas no andan muy bien en Rúvano. Eso que les dijo Rimpi de que gracias al rey ya no tenían mucho trabajo.

—Tienes razón, Adis —le confirmó Aómal—. Desde que el rey Reminísteto tomó el poder, la ciudad se encerró poco a poco en sí misma y los viajeros, también, dejaron de pasar por aquí.

En ese momento, los posaderos cruzaron la puerta del comedor. Levaban una sonrisa tan grande que apenas se les veían los ojos.

Adis había terminado de hablar con el General justo a tiempo, porque en cuanto los dos posaderos le habían puesto la comida enfrente, empezaron a preguntarle:

—¿Está buena la sopa?

—¡Riquísima!

—¿Qué tal la cerveza?

—La mejor de mi vida —respondió, tratando de complacerlos. Aunque, Adis, no era de esos hombres que les importa mucho el sabor. Estaba cansado y solo quería comer.

—General, te ves muy serio —le dijo Reimor, al verlo apoyado sobre la mesa, con los brazos cruzados y el rostro estresado.

—Estaba reflexionando un poco la situación. Por cierto, Reimor, me dijiste que hacía tiempo que no tenías mucho trabajo, ¿no es verdad?

—Así es. Ya llevo más de tres o cuatro años en los que no hemos tenido más de veinte ocupantes. Te estoy hablando de las temporadas que suelen llamarse las buenas, en las que era normal tener casa llena, establo lleno, e incluso, algunas personas querían dormir en el patio —y con un suspiró, añadió— pero eso, ya es del pasado.

—¿A qué se debe semejante baja de viajeros por estas zonas? —preguntó aunque él ya sabía la respuesta.

—La verdad es que no entiendo mucho por qué mis clientes ya no vienen como antes; y por qué ya no encuentro caras nuevas entre... La verdad, si me preguntara por qué, creo saber la razón.

—¿Cuál es?

—Bueno, es una razón que no puede ser dicha en voz muy alta, no sé si me entiendes.

—El rey tiene que ver en todo esto —comentó Adis.

—General —le indicó el posadero con rostro serio y con las rodillas temblando—. ¿Dime si este hombre es de fiar, así como yo me fío de ti?

—A este joven le confío la vida misma —le aseguró el general—. Bien, ustedes tienen que entender que me tomé mis precauciones. Temo que algo malo le suceda a mi mujer o a mi hijo.

—Sí, comprendo que tomes tus precauciones —asintió el general.

—La situación va algo así —comenzó a narrarles— hace tiempo que pusieron, digámoslo algo así como soplones. No solo en los alrededores de la ciudad, sino que en la misma ciudad.

—Uno ya no puede hablar a pleno aire —Rema les confesó con el corazón acongojado.

—Sí, —lo apoyó su marido— es muy difícil saber con quién está hablando uno, o sea, si la persona es un soplón o no. Por si fuera poco, cuando un viajero llegaba desde tierras lejanas, siempre, siempre llegaba aquí, enojado y diciendo que había sido asaltado por villanos en las afueras de la ciudad. Cosa que no pasaba antes. Y luego, afirmaban que no sabían qué les habían robado porque al parecer solo los habían esculcado. Así se extendió la voz entre los visitantes de Rúvano y…

—Los clientes —Rema finalizó la frase— se nos fueron como pajaritos espantados.

—Sí mamá, dices bien —agregó Rimpi que acaba de entrar sin ser notado.

—¡Ah!, Rimpi, hijo mío, vente para acá, creo que tú has escuchado más la habladuría de los que nos visitaban.

El niño se acercó alegre por ser invitado a una conversación de personas adultas, aunque, en su corazón le dolía mucho la situación de sus padres y quería hacer algo por ellos.

—Siéntate aquí, junto a mí —le indicó el general.

—¡Gracias, general!

—Como decía, los clientes se nos han ido y el ambiente de la ciudad ha cambiado de alegre a tristón.

—De ser tan abierto en el habla, a casi ni siquiera querer saludar a las vecinas por miedo a un no sé qué —dijo la posadera.

—Todo esto —intuyó Adis— sucedió por culpa del rey o por...

—¡Ssshhh! —siseó Rimpi— no hay que hablar de él, pero, para nada, como dice mi papá.

—¡Rimpi! ¡Silencio! —lo regañó su mamá—. Y compórtate ante la situación.

Éste agachó la cabeza y apretó los labios.

—Sí, Adis —continuó el posadero— tienes razón. Nuestro rey ha cambiado la ciudad poco a poco.

—Es decir, —manifestó el general algo sorprendido— que ya no confían ni entre ustedes mismos.

—Es correcto, general —respondieron los tres posaderos al mismo tiempo con un tono triste e impotente.

Todos se quedaron pensativos, hasta que el niño habló.

—General, ¿nos vas a contar alguna historia el día de hoy?

—Ah, niño inquieto —lo regañó la mamá—, ¿no ves que el general tiene que ir a descansar?

El general miró al chiquillo y se quedó reflexionando un momento, y luego dijo:

—No es precisamente una historia, pero sí es una noticia que parece que aún no les ha llegado a sus oídos.

—No hemos tenido huéspedes desde hace diez días. Así que no sabemos nada, general —observó el posadero.

—Bueno —respiró el general—, contar las hazañas de grandes ciudades, de batallas triunfantes, de guerreros valerosos, es muy sencillo. A todos se nos alegra el espíritu con el valor y el brazo fuerte de los combatientes, pero contar la desventura de la más grande ciudad que existía en nuestros tiempos, no es fácil.

Los oyentes pusieron rostro serio, incluso Rimpi dejó de sonreír. Ninguno de los tres ruvaneses imaginaba la terrible historia que esa noche iban a escuchar. Aómal les contó lo de los gramas alrededor de Alba. Su ida a Glaucia y su encuentro con esta ciudad abrazada en llamas. Aquí todos abrieron los ojos, cerraron las bocas y el corazón se les llenó de pavor. Les explicó sobre su búsqueda por encontrar algún sobreviviente. Les describió con tristeza cómo vio las piras de tantos hombres, mujeres y niños que habían dejado este mundo. Les contó con qué dolor vertió tantas lágrimas sobre el suelo. Los tres habitantes de Rúvano también lloraron en esta parte de su narración. Les reveló su herida y el poco interés por su persona. Al final, les dijo:

—Ahora, estoy aquí con una misión muy difícil.

La familia quedó en silencio. Aquella historia era la más dolorosa que jamás habían escuchado y la más tremenda que oyeron y la única que oirían con tanto horror.

Fue el hombre simple que cortó el hálito del silencio:

—General, me apena mucho lo sucedido. En verdad, quisiera expresarte todo lo que mi corazón quiere decirte, pero estas cosas son muy difíciles de decir.

—No te preocupes. No tienes por qué apenarte. A ti no te correspondía el cuidado de la ciudad —dijo el general en un tono melancólico.

—Señor general, creo que mi marido y yo no podemos hacer mucho para ayudarte, pues, como bien sabes, nosotros no somos personas de armas, pero quiero que sepas que cuentas con nuestra ayuda y que te queremos ayudar en la medida que nos sea posible.

—Te lo agradezco mucho, Rema. En realidad, creo que ya están haciendo mucho con ofrecernos hospitalidad, comida, techo y un amor muy especial que ustedes nos brindan. Soy yo, el que no sé cómo pagar por tantos beneficios hechos a mi persona.

Y se inclinó, juntó sus manos y las colocó cerca de su frente, cerrando sus ojos perspicaces. La señora habría querido acariciar aquellas canas y darle ánimos. El posadero habría querido pasarle el brazo por encima del hombro, pero el general se enderezó y se levantó absorto en sus pensamientos.

Comenzó a pasear por el comedor. Ninguna palabra se pronunció por segundos que se iban prolongando a minutos, hasta que al ventero se le escapó una palabra amiga:

—General, perdona que te interrumpa, pero creo que tienes que irte a dormir y ya mañana podemos seguir hablando.

Aómal se paró de frente a la ventana. Miró el oriente y le interrumpió.

—Tienes razón, tengo que ir a dormir, porque pronto aparecerá el sol y tendremos que partir.

Los dos hombres de Alba se despidieron de la posadera y del niño. Luego, Reimor los llevó a un par de camas que habían quedado vacías y ahí se desearon buenas noches.

VII

JURAMENTO DE SANGRE

—¡Arriba! Vamos, muchachos —les gritó el general Aómal. Ya es hora de levantarse. Los soldados, hombres acostumbrados a una vida militar, no tardaron en responder. Unos se metieron a bañar y los otros a lustrar sus armaduras y luego se iban intercambiando. Aquel día se iban a presentar ante el rey de Rúvano, debían lucir lo mejor posible, a pesar de que venían de tan lejos y a toda prisa.

Una hora más tarde, se presentaron en el comedor. El primero en llegar ahí fue Adis, el segundo fue uno que estaba cercano a cumplir los treinta años, su nombre era Armeo, un hombre que se había unido de último momento a la comitiva del general Aómal, ya que el otro había caído enfermo el día anterior con una terrible fiebre. Normalmente, cuando un reino enviaba una comitiva diplomática a otro reino, ésta constaba de 14 hombres y un general, además, de un diplomático. En este caso, Aómal tenía las cualidades de cumplir con ambos requerimientos: el de dirigir a la comitiva y ser el diplomático.

Sin embargo, Armeo, no destacaba en sus cualidades diplomáticas, sino más bien, era visto como un posible general, ya que poseía grandes habilidades de estratega y liderazgo. Igual que Adis era enseñado por Aómal, Armeo había sido instruido por otro general de Alba. El problema de Armeo era que no sabía ser paciente frente a los argumentos de la diplomacia. Ese era el objetivo con el que había sido enviado junto a Aómal, para que aprendiera de él.

Tanto Adis como Armeo se sentaron junto al general. La posadera Rema apareció al instante llevando café con leche y galletas de nuez y almendra. Atrás de ella, venía su esposo Reimor con unas fuentes tapadas.

—Buenos días —les dijo Rema.

—Buenos días —respondieron los tres.

—Buen provecho —dijo Reimor dejando la fuente sobre la mesa.

En cuanto la destapó, un olor a huevo con tocino les abrió el apetito. Al poco, el posadero regresó y dejó sobre la mesa un canasto con pan, tortillas y un salsero.

Fueron llegando los demás, y encontraron ya todo listo sobre las mesas. Al entrar, saludaban al general Aómal y luego se sentaban a las mesas.

Muchos de ellos, notaron el rostro cansado de Aómal. Algunos lo apoyaron con un gesto, otros expresaron sus pensamientos con un: «¡Vamos, General! Hoy regresamos a Alba con buenas noticias».

El silencio era interrumpido por un chocar de cubiertos y tazas llenándose, después, empezaron a hablar casi en un susurro hasta que pronto, todos estaban hablando de manera normal. Habían terminado de desayunar.

—¿Todos satisfechos? —preguntó Rema en cada una de las mesas. A lo que respondieron afirmativamente. Luego, ella se dirigió a su marido—: Reimor, encárgate de recoger todo, yo voy a llevarle su desayuno a la niña hermosa que duerme como una flor en un jardín.

—Ve a atenderla, pero no le salgas con tus comparaciones, llévale pan, tortillas, huevo con tocino y todo.

Cuando Rema llegó al cuarto, la princesa Adariel aún dormía. Así que ella entró, dejó la bandeja con la comida sobre la mesa y se le acercó a la joven. Cuando la vio, se quedó sorprendida. Su tez era más blanca y sus cabellos seguían siendo castaños pero más claros de lo que los había tenido ayer.

—Buenos días, niña linda —le dijo en tono agradable.

La princesa Adariel abrió sus ojos cafés con ese ligero tinte al color de la miel.

—Buenos días, Rema —le respondió estirándose—. Qué rápido se me pasó la noche.

—Veo que descansaste bien —le sonrió la mujer—. Aunque noto que has tenido un leve cambio en tus facciones. Te ves mucho más hermosa que ayer.

—El baño puede hacer muchos cambios —respondió y añadió algo apenada—. Creo que se me había acumulado mucha tierra y hasta se me había pegado. No es nada agradable, pero, así son los viajes.

—No te preocupes, niña, es lo más común que pase cuando uno viaja mucho.

La posadera le notó unos cuantos rasguños en el rostro y algunos moretones en los brazos.

—Ay, niñita, pero ¿qué te pasó? —le dijo mientras analizaba las heridas de cerca.

Adariel le explicó que los rasguños habrían sido de ramas, y recordó que cuando se metió al bosque con los zebuires sí se había arañado con varios árboles. En cambio, no le dijo que los moretones habían sido cuando se golpeó contra las tumbas en el momento en que huía de la Sombra del mal en Mankeirogps. Y finalmente comentó que no recordaba bien con qué se los había hecho.

—¿El general Aómal sigue arriba? —le preguntó mientras daba cuenta de su desayuno.

—Claro que sí —le respondió, sin saber que Adariel realmente no iba con ellos, sino que había reflexionado y pensaba que era mejor separarse de ellos.

Era mejor que ella buscara por su propia cuenta al sapiente Sénex Luzeum y que el general siguiera adelante con su misión diplomática. Había visto durante toda su vida la llegada de comitivas diplomáticas y sabía cuál era el número de soldados.

Pero, cuando probó su desayuno cambió de idea. Si el sapiente Sénex Luzeum estaba en la ciudad de los Cuatro Picos, el lugar más seguro para encontrarlo sería el castillo. Debía ingeniárselas para unirse a la comitiva diplomática del general Aómal.

Para ello, debía de aprender algo de cómo era Rúvano, que aunque su papá el rey Alancés la había instruido, también le había enseñado que la mejor manera de conocer un pueblo es viviendo con la gente y acercarse a toda clase de personas.

—Rema, ¿siempre has vivido en Rúvano? —le preguntó en tono casual, mientras parece muy local y poco verosímil.

—Claro que sí. Nací aquí en la ciudad, y me tocó crecer en tiempos del rey Rugiono.

—¿El rey Rugiono?

—Era el papá de nuestro rey Reminísteto. Qué hermosos eran aquellos años, durante el reinado del rey Rugiono. Fue en ese tiempo en que pasé mi niñez. Nunca lo olvidaré. Muy hermosos esos años. Después de que nuestro rey Rugiono murió, su hijo Reminísteto lo sustituyó en el trono. Cuando yo era una moza como tú, las cosas aún iban bien. Durante esos años conocí a Reimor. Nos casamos. Y heme aquí.

—Y, me imagino que cuando se casaron, te tocó moverte a la posada.

—No. La posada era de mi papá. El que se movió fue mi Reimor, quien solía trabajar en el granero de la ciudad.

—¿En serio?

—De hecho, al inicio le costó mucho acoplarse. Alegaba que mejor nos teníamos que ir a otro lado, pero él no tenía casa propia y aquí se necesitaba que alguien sustituyera a mi papá, quien llevaba años enfermo de asma y mi mamá sufría del corazón. Ambos fallecieron al poco tiempo de que me casé. Fue en ese momento en que Reimor tuvo que tomar las riendas del negocio y aprendió que el servicio es algo que te alegra y llena el corazón. Además, se dio cuenta de las ventajas que tiene trabajar en una posada.

—¿Ventajas?

—Sí, muy buenas, bonitas e interesantes como lo es la construcción de un nido de hormigas. Aquí conoces personas, muchas y muy distintas. Hemos hecho tantas amistades. Como podrás ver, ahí está el ejemplo del general. Él es uno de los mejores amigos de la familia. Y te diré, es tan buen hombre que no solo nos paga el hospedaje, sino que siempre nos deja una propina. Ya le hemos dicho que no lo haga, pero siempre se sale con la suya y nos la deja por ahí escondida. Algunas veces, la ha dejado en la despensa, otras debajo de la cama o en algún otro lugar ingenioso. Que buen hombre. Otra de las ventajas que tienes es la información fresca y de primera mano. Siempre estás al tanto de todo.

La princesa Adariel estaba comprobando la gran sabiduría que tenía su papá. La gente que no vive enredada en la diplomacia y en el canon de los castillos, obtiene una experiencia increíble sobre la vida.

—Y ¿cómo saben que las noticias son verdaderas?

—Muchos hombres se dedican a ir de lugar en lugar contando lo que pasa. A veces, no sabes si son verdaderas o no, siempre y cuando sean interesantes. Lo que sientes es que estás informado, además, que te entretienen. Aunque, también, nunca faltan aquellos que traen consigo leyendas e historias sobre mundos imaginarios llenos de sueños, mundos de hadas y de peligros, mundos en donde la realidad es fantasía y la fantasía pasa a ser realidad, en donde el viajero que se aventura a entrar en sus escurridizos pasajes perturba la conciencia y teme no regresar o prefiere no hacerlo.

La princesa estaba fascinada con lo que le contaba la posadera.

Así que le preguntó:

—Entonces, ¿debes conocer todas las historias que van corriendo de boca en boca y todas las que pasan de generación en generación?

—¡Claro que sé muchas de esas! Te puedo decir que hasta me he aprendido los nombres de los diferentes tipos de historias. ¡Tantas he escuchado! Que me atrevería a decir que no hay…, a ver si me acuerdo de todos los tipos que he escuchado: historias, leyendas, mitos. Luego, claro, se me olvidan. A ver… ¡Ah! Sí, los cuentos, las fábulas. ¿Qué más, qué más? Poemas, épicas, crónicas. Nunca han faltado los juglares de tantos romances y tragedias. He oído muchos testimonios de tierras lejanas.

—¡Es muchísimo lo que sabes!

—No, aún hay más. En nuestra posada nunca han faltado las canciones, las odas y las baladas. También himnos y tonadas, y melodías muy placenteras. Nos han contado muchos relatos y narraciones, aventuras y epo-pe… epapo… epo-quien-sabe-qué. Nunca me la pude aprender. Esa palabrita… epopapo… ¡Ay! Como sea.

—Me impresionas.

—Bueno, niña, cuando uno vive en una posada; uno se la pasa escuchando todo el alboroto del pasado. Oí-mos todo el ajetreo del presente y, de vez en cuando nos sale algún loco que dizque nos puede predecir el futuro.

—¿Qué sabes de la leyenda sobre la espada de la Alianza? —la princesa preguntó con el deseo de escu-char qué era lo que la gente común de su tiempo seguía pensando al respecto.

—¿La de la Giralda? ¡Claro!, todo el que vive en una posada se sabe esa historia. Es clásica.

—¿Qué tanto me puedes decir de la leyenda?

—Te podría decir todo, pero toditito. Sin embargo, no tienes ni por qué preocuparte; eso es pura algarabía y ha-bladuría sin sentido. Mentiras como tantas otras historias.

—¿En verdad crees que son puras mentiras? —dijo desconcertada.

—Mira, niña, después de escuchar tanta cosa, uno ya no sabe ni en qué creer.

—Yo sí creo en ella —expresó la princesa con seriedad y tristeza.

—Niña, pierdes tu tiempo en eso.

—Si lo pierdo, perderé el resto de mi vida creyendo en algo sin sentido —afirmó y continuó—. Pero estoy segura de que no es así. Algún día, la historia será realidad y viviremos felices, para siempre.

—Niña Albina, eso es una utopía.

—Solo lo será si dejamos que así crezca en nuestros corazones. Entonces, el enemigo de toda Ézneton será el triunfador. No podemos dejar que eso pase, Rema.

La posadera se sorprendió ante la convicción y la fuerza de las palabras de la joven.

—Me gustaría creer como tú crees.

—No te pido que tengas la misma certeza que yo, solo que tengas viva la esperanza.

—Eso, sí, quiero un lugar mejor para mi hijo.

—Quizás tu hijo no lo tendrá para sí mismo, pero sí para sus hijos.

La posadera se quedó pensando y luego repitió:

—Quizás para sus hijos…

Adariel se apuró a terminar su desayuno, mientras Rema se quedaba sentada junto a ella. Al terminar, le pidió:

—Quiero ver una vez más y por más tiempo la pintura que tienes de la espada.

—Claro.

Al llegar a la puerta donde tenía la pintura de la Espada de la Alianza, la posadera Rema le dijo como si no le importara mucho:

—Aquí está la pintura de la espada de la Alianza.

Adariel sonrió. En su interior, Rema estaba contenta de mostrarle el cuadro.

Cuando abrió la puerta, la luz penetró. Allí estaba la pintura. El marco dorado contrastaba con el fondo que absorbía todo color.

—¡Qué hermosa es! —opinó Adariel.

—Tienes razón, la pintura es muy bonita —accedió la posadera.

Podría haberse dicho que la espada en la pintura, no era sino la misma Giralda en realidad. El color oscuro a su alrededor dejaba la espada como suspendida en el aire, con un tinte dorado resplandeciente. Se percibían todos sus detalles. Su hoja había sido fraguada de acero proveniente de tierras áureas. Forjada en las mismas entrañas del volcán Pico del Águila. Su guarnición estaba bellamente fabricada en forma de hiedra. La empuñadura lucía las siete piedras preciosas. Todas incrustadas en el mango de la espada. Allí brillaba el rubí, representante del reino de Rúvano; ostentaba la esmeralda del reino de la Foresta Negra; exhibía a la perla, signo del reino de Frejrisia; figuraba el zafiro, honor del reino de las Grandes Montañas; mostraba el topacio con un su azul profundo, fiel hijo del reino del Mar Teotzlán; y por último, delineaba el Ámbar, emblema del reino del Desierto. El diamante, insignia digna de los reinos de Glaucia y Alba, unía la hoja con la guarnición y con la empuñadura. La joya mostraba la lucidez y el candor de tener vida. Aunque el pintor no logró imitar el *lavaque* en toda su perfección.

—Dicen que el *lavaque* es un componente sumamente misterioso —comentó la doncella admirando la pintura.

—Se asegura que no hay lugar, tierra o región en donde se le pueda encontrar.

—Se perdió la fuente del *lavaque* —dijo Adariel entristecida.

—Pero ya, alejémonos.

Al momento de que la princesa cruzó la puerta y entró al comedor, todos los soldados la miraron y quedaron sorprendidos, sobre todo el general Aómal. La princesa no se había dado cuenta deque fiel a su costumbre llevaba el cabello recogido y mostraba todas sus facciones, y el baño había borrado todo el aspecto montaraz con que la habían encontrado el día anterior.

—Buenos días —les dijo ella, algo intrigada por las miradas de los hombres de Alba.

—¡Princesa Adariel! —exclamó el general Aómal.

La princesa se tocó el cabello y con asombro descubrió que no llevaba el cabello suelto. En ese momento, todos los soldados ya se habían levantado de su asiento y estaban atónitos frente a su princesa.

Adariel tuvo que hacer uso de una promesa que jamás habían querido usar los reyes, pero que tenían todo el derecho de ejercerla cuando quisieran. Era pedir un juramento de sangre a sus súbditos, y debían de ser fieles al juramento aún después de muertos. Si llegaban a desobedecer la pena de muerte caía sobre sus cabezas y cargarían con la infamia aún después de muertos hasta que el rey los perdonase. Y si el rey moría sin perdonarles, el castigo se prolongaba indefinidamente hasta que algún descendiente en el trono los condonara.

—Princesa Adariel, recibe nuestros respetos —la honró el general— y nuestro juramento de fidelidad.

Al instante, todos los soldados deslizaron el pie izquierdo atrás, quedándose sostenidos sobre la rodilla derecha y dijeron en voz alta y firme:

—¡Juramos fidelidad a la princesa Adariel!

Pero la princesa había tomado la decisión.

—General Aómal y todos ustedes, —dijo con cierto titubeo pero decidida a proteger el secreto que era trascendente para todos los vivientes en Ézneton— con el derecho que me ha sido dado desde mis antepasados hasta el día de hoy, yo, la princesa Adariel, princesa por derecho y por dignidad según la tradición establecida por todos los reyes de Glaucia, la ciudad Blanca y, ahora, de Alba, la ciudad del Unicornio, los obligo a que presten delante de mí un juramento de sangre.

La comitiva entera sintió un escalofrío que recorrió todo su ser. La primera reacción interna de algunos fue de protestar, pero nadie objetó. No podían hacerlo. Sintieron miedo, aquello era peor que la muerte misma.

—Juren con el alma bañada en su propia sangre que mientras yo no les indique lo contrario, todos y cada uno de ustedes guardará el secreto de mi verdadera identidad —dijo la princesa Adariel y sacó una navaja de su cinturón y se cortó la palma izquierda dejando que su sangre cayera hasta el suelo.

La princesa le indicó al general que pasara frente a ella e hiciera el juramento.

—Juro con mi alma bañada en mi propia sangre que hasta que mi princesa Adariel no me diga lo contrario guardaré el secreto de su verdadera identidad —y se cortó la mano izquierda dejando que su sangre cayera hasta el suelo sobre la de la princesa.

Así pasaron los quince hombres de la comitiva de diplomacia. Justo al final, entró el pequeño Rimpi, hijo de los posaderos. Los padres lo miraron y le pidieron que guardara silencio. Ellos sabían que ella podía mandarlos matar, pero no obligarlos a pronunciar un juramento de sangre. Aguardaron temerosos la reacción de la princesa.

—Hijos de Rúvano, no soy su reina ni me deben lealtad, sin embargo, es de suma importancia que hagan el mismo juramento. Soy la última descendiente de los reyes de Glaucia y también la única sobreviviente que aún lleva sangre glauca en sus venas. Kyrténebre me busca para darme muerte y, conmigo, acabar con las esperanzas de que uno de Glaucia sea su destructor.

Y se volteó con sus súbditos y les habló:

—Es por eso que les obligué a realizar el juramento de sangre. Sé que con la autoridad que tengo no es mi deber explicarles el porqué, pero he decidido que ustedes lo sepan y a ellos se los he dicho también para ver si ellos quieren profesar dicho juramento.

—Princesa Adariel —dijo el posadero ruvanés lleno de temor—. No queremos hacer el juramento de sangre, pero si queremos hacer un juramento de guardar silencio sobre tu verdadera identidad.

En ese momento, la posadera Rema entendió el porqué de las preguntas sobre la creencia en la Leyenda.

—No, Reimor, —lo contradijo— creo que la joven princesa no pediría a sus súbditos tal juramento si no fuese estrictamente necesario. Así que con todo el dolor de mi alma, decido hacer el juramento de sangre porque así lo requieren los tiempos en los que vivimos. Quiero un mundo mejor para los hijos de mi hijo.

La posadera se acercó a la princesa, ella le extendió la navaja. La posadera la tomó y pronunció el juramento:

—Juro con mi alma bañada en mi propia sangre, que yo, hija de Rúvano, mantendré el secreto de la princesa Adariel, princesa de Glaucia, la ciudad Blanca, y Alba, la ciudad del Unicornio, sobre su identidad hasta que ella me diga lo contrario —y se cortó la mano izquierda dejando que su sangre cayera hasta el suelo sobre la de la princesa y el resto de los soldados albos.

Aunque el pequeño Rimpi no conocía en todo la profundidad de un juramento de sangre, sabía lo serio de un juramento. Se adelantó nervioso y pidió la navaja. La princesa no pudo contener una lágrima al ver el valor del joven. En ese momento supo que habría hombres valerosos y fieles que se levantarían junto al hijo de sus entrañas para luchar contra Kyrténebre.

Rimpi terminó de jurar e intentó cortarse. Tardó un poco más que los demás en hacerlo, pero lo logró, aunque se le escapó un pequeño grito y unas lágrimas.

El posadero tuvo miedo. No quería hacerlo, pero si Aómal lo había hecho, su esposa y su propio hijo, él también debía de confiar en poderlo cumplir. Se acercó y pidió la navaja.

—No tienes que hacerlo si no quieres —le dijo la princesa al ver el miedo en sus ojos.

—Quiero hacerlo —y juró.

Aquella vez, la despedida fue más silenciosa de como solían hacerlo los posaderos de El Andante, en especial cuando se iba el general Aómal. La situación era distinta.

La princesa les agradeció amablemente su colaboración, luego, se acercó a la posadera y le entregó una bolsita llena de monedas de oro. En cuanto la posadera las sintió en sus manos se negó.

—Albina, ha sido un honor tenerte en mi humilde posada. Jamás alguien así nos había visitado. No puedo recibir el pago.

—Rema, no me lo tomes como pago, porque no es esa mi intención. Más bien lo que quiero es que lo tomes como agradecimiento y para que ni a ti, ni a tu esposo ni a tu hijo les haga falta nada. Además, tienes que mantener esta posada por muchos años y proteger esa pintura, para que algún día mi hijo pueda venir a verla y sepa bien cómo es la Espada de la Alianza y la pueda encontrar.

—Siendo esa la situación, entonces acepto. Muchas gracias, Albina.

Luego, la princesa le dijo a Aómal que se despidiera bien de sus amigos.

—Recuerden que el que manda es el general Aómal, yo soy solo una viajera que va al castillo real en busca del paradero del sapiente Sénex Luzeum, no de una audiencia con el rey.

El general se acercó a sus amigos posaderos y se despidió de abrazo con cada uno de ellos. Luego, le entregó la típica bolsa de dinero de paga con la propina extra que solía darles. El posadero quiso replicarle, pues había visto que la princesa ya le había dado a su esposa otra, pero Aómal le dijo:

—Es la paga por los cuartos, Reimor —hizo una seña con los ojos de que siguiera actuando normal, para él era más fácil actuar como siempre, era un gran diplomático.

A los posaderos y al resto de los albos les costaba actuar ahora normal, estaban junto a la princesa de lo que había sido Glaucia y seguía siendo de Alba, poco a poco la tranquilidad de Aómal los invadió también y se hicieron como si nada hubiera pasado antes.

Aómal dejó un legado a Rimpi. Se lo había ganado, no cualquiera hacía un juramento de sangre y menos siendo un adolescente como él.

—Rimpi, muchas gracias por todo.

—De nada, general.

—Antes de marcharme, quiero dejarte un recuerdo y algo que te servirá en un futuro muy próximo.

Al niño se le iluminaron los ojos al escuchar que el general Aómal le iba a dar un regalo.

—¿Qué es? ¿Qué es? —le preguntó con notable entusiasmo.

Aómal le hizo un gesto, pidiendo paciencia. Metió su mano en una de las bolsas que colgaban de su caballo.

—Ésta es la primera espada que tuve cuando yo era niño. Me la regaló un anciano, mientras me decía: «Escucha niño, esta espada es el honor de mis canas». Ahora, yo te la doy a ti. Te repito lo mismo que me dijo aquel hombre curtido por el valor de la batalla. Además, yo añado: que al llegar a la plenitud de tus años te haga un hombre de mando, recio, emprendedor y valeroso. Que nada te acobarde pero que siempre seas prudente.

El hijo del posadero tomó el arma y la apretó contra su pecho. Llevaba una tela cubriéndole la herida de la palma izquierda.

La comitiva se subió a sus caballos y cabalgaron. Todos iban engalanados con sus armaduras bien limpias y con sus típicos guantes negros, que les cubrían la herida del juramento.

Las heridas hechas en juramentos debían dejarse sanar con el tiempo y naturalmente, pero en esta ocasión, Adariel tuvo que hacer caso omiso a la tradición. Le había pedido a la posadera que limpiara las heridas de todos y que las curara. La sangre que había caído al suelo la limpiaron con un paño y lo habían quemado.

Antes de desaparecer entre las casas, el general y la princesa se voltearon y les saludaron con las manos en alto. Los tres posaderos regresaron el saludo y regresaron a la posada.

VIII

LA MAQUETA DE RÚVANO

El sol hacía relucir el negro de sus armaduras. La tropa penetró en el corazón de Rúvano. Ellos eran algo extraño en la ciudad. Ningún hombre de Alba o de alguna otra ciudad había tocado tierras ruvaneses desde hacía largos años. La comitiva seguía cruzando calles y doblando esquinas. Siempre en dirección al castillo. Las personas los miraban. Unas guardaban silencio. Otras ponían gestos de disgusto. Otras los vieron con temor. Ninguno de los habitantes daba contestación a los saludos de los albos.

—General, parece ser que no somos bienvenidos.

—No te preocupes, Adis.

—¿Por qué se comportarán así? —preguntó la princesa Adariel.

—He hecho muchos viajes diplomáticos, pero jamás me había enfrentado a una situación como esta.

Aómal marchaba delante de todos, con el rostro en alto, lleno de resolución. Adariel cabalgaba cerca de él. Llevaba el capuchón puesto y no era fácil verle el rostro. Además, de que se había dejado el cabello suelto una vez más. Los demás avanzaban en silencio casi absoluto.

Gritos muy vivaces llegaron hasta los oídos de la comitiva. La gritería provenía del mercado de la ciudad.

Gente iba y venía. Unos con bolsos vacíos y otros los traían llenos de víveres y demás cosas que habían comprado aquel día.

—Vamos a pasar ahora por el mercado de Rúvano —indicó el general.

—¿Qué hacemos? —preguntó uno de los soldados.

—Sigamos adelante —ordenó.

El mercado de Rúvano era un mercado común como cualquier otro. Los vendedores se esforzaban por ofrecer sus alimentos. Se podían observar los puestos de verduras, los abastecimientos de todo género de especies, sazones, condimentos. Por allá, se ubicaban las más variadas frutas. Más lejos, se encontraban las carnes: res, cerdo, cabrito, conejo. En el lado opuesto se localizaba la pollería. Un poco más alejado estaban las mercancías de pescado. También había puestos que vendían ropa y otros enseres. Éste era el mercado de Rúvano, por el que la compañía estaba a punto de pasar. A cada metro los gritos aumentaban más y más. Por fin, todos divisaron la comitiva armada. Un profundo silencio fulminó el alboroto. El general avanzó en silencio, sin saludar a nadie. Los demás soldados lo imitaron. Al paso de los jinetes, las personas se volteaban a verse unas a otras. Algunas comenzaron a hablar a oídas entre sí.

—General, murmuran —musitó Armeo.

—Es señal que cabalgamos —fue la respuesta que recibió.

La comitiva cruzó el mercado. Siguieron su camino hacia el castillo real que se encontraba no lejos del centro de la ciudad. Torcieron unas callejuelas más. Anduvieron otros tantos minutos. Dieron una vuelta. Otra. Por fin, un majestuoso castillo apareció al final de la calle. El rostro sombrío del general se iluminó. Pensó que había esperanzas para que Alba y Rúvano entrasen en relaciones diplomáticas. Estaba dispuesto a jugárselo todo por su querida tierra.

—¡Miren! —les indicó—. Allí está el castillo del rey.

Todos se olvidaron de lo acontecido. Sus rostros brillaron con alegría. Adariel se descubrió el rostro para ver mejor, dejándose el cabello suelto, notando la tranquilidad y naturalidad con que el general dirigía la comitiva e infundiendo paz y serenidad a sus soldados.

—Eleva bien en alto el estandarte —ordenó Aómal al hombre que portaba la bandera de Alba.

Un hermoso estandarte negro encumbró los aires. En el centro se veía un unicornio poderoso, símbolo de Alba. Cuando llegaron al lindel del caserío, un fuerte viento se levantó. El emblema albo ondeó por completo.

—Adelante, mis guerreros. Cumplamos nuestra misión —los animó y después, atrasándose un poco, llamó a Adis.

—¡Adis!

—¿Sí?

—Te preguntarás —le susurró— por qué habremos tardado tanto en llegar al castillo.

—Me lo pregunto, ya que entiendo que podríamos haber tomado la calle principal, directo al castillo.

—Exacto, podríamos haber hecho eso. Preferí que mejor conozcas un poco más la ciudad. Sé que tienes ojos muy agudos y una memoria admirable.

—Es mi deber utilizar mis cualidades para el bien de todos y del reino —comentó Adis con sencillez.

—Te has aprendido los nombres de las calles y más o menos hacia dónde se dirigen, ¿no?

—Lo he hecho.

—Bien. Como te diste cuenta, no hemos tomado el camino llamado El real. Debes conocer lo más posible la ciudad. Tenemos que estar preparados para cualquier eventualidad. Incluso, —agregó en tono oscuro— saber cómo escapar de la ciudad si fuese necesario.

—Y, ¿eso por qué? —comentó Adis buscando conocer más lo que pasaba en la cabeza de su general.

—Porque el hombre está atado a lo grande y a lo pequeño; está condenado a sorprenderte con sus acciones más magnánimas y a matarte de pena con los ultrajes más perversos. Nunca sabrás cómo responderá un rey ante una comitiva diplomática. Puede ser un enemigo acérrimo pero cumplidor de las reglas de respeto y honor o puede ser un hombre al ritmo de sus sentimientos que si le place puede mandarte encarcelar, mutilar y matar.

—Comprendo.

—Sé que no podemos estar protegiendo a Albina porque ella misma ha querido separarse de nosotros, pero debemos estar atentos para llegar a ella en el momento en que requiera de nuestra ayuda. Y en caso de que yo muera, por cualquier razón, Armeo será quien tomará el cargo, como habíamos quedado desde un principio. Sin embargo, tú tendrás que convencer a Albina para que la acompañes y la ayudes.

—Y, ¿por qué no hacerlo ahora? Estamos juntos.

—La comitiva que sería presentada frente al rey estaría conformada por catorce soldados y un general. El rey sabe que estamos aquí, sabe cuántos entramos, levantaría sospechas al ver que falta un hombre.

—Entiendo.

—Ahora que ya sabes algo más sobre lo que debe hacer un general, vamos detrás del estandarte, para que aprendas más sobre un diplomático.

Los dos hombres se colocaron detrás del portador del estandarte. La comitiva cruzó el río por la parte norte de la plaza de la fuente.

Llegaron a la puerta del castillo y llamaron.

La princesa Adariel, mientras tanto, volteó el rostro hacia la plaza. Le pareció muy hermosa. Llena de arbustos esculpidos de las más diferentes maneras. Una galería de palmeras rodeaba el lago. Una agraciada fuente brotaba en el centro del estuario. Después, dirigió sus ojos a la muralla del castillo. Sus muros eran castaños y no blancos como los de Glaucia o Alba y eran menos majestuosos aunque no por eso menos fuertes. Alzó la mirada a lo largo del valle. Por allá, la tierra de Rúvano parecía ser próspera y bella. En cuanto al clima, le gustó mucho: cálido, agradable y seco. No cabía dudas, Rúvano era una ciudad ideal para vivir. Un crujido de puerta llamó su atención.

—¿Quiénes son y qué desean? —preguntó una voz seca y cortante.

—Somos hombres de Alba, la ciudad del Unicornio. Yo soy el general Aómal. Vengo de parte del senescal Atileo para pedir audiencia con el rey Reminísteto, monarca de Rúvano, la ciudad de los Cuatro Picos.

—¿Vienen en son de paz o para declarar la guerra?

—Venimos en términos de amistad y de súplica.

—Esperen un momento —indicó aquella voz.

La compañía aguardó con ansiedad hasta que un par de puertas se abrieron delante de la comitiva. Una mano les indicó que avanzaran. La comitiva entró. Tras ellos, el ingreso se cerró.

Entraron a una estancia sin techo, justo entre la muralla. Desde ahí, podían ver a los centinelas vigilándolos desde lo alto. Otro pórtico brillaba en frente de ellos. Al verlo, comenzaron a sentirse como enjaulados y acorralados. En sus contornos, las paredes eran lisas por completo y los portones de ambos lados bañados en acero puro. No había ninguna salida. Hasta los caballos se intranquilizaron.

El general Aómal miró en todos lados. Temió por la vida de la princesa Adariel. ¿Qué podía hacer en esa posición? Si el rey quería, podía mandar a que los traspasaran centenares de flechas, sin ellos poder levantar una sola mano en su defensa. Se contuvo y esperó algo impaciente pero en silencio. Adariel estaba tranquila y observaba a los centinelas y a los albos.

El siguiente par de puertas se abrió. Aómal respiró con alivio.

Un jardín apareció frente a los ojos de la princesa y de la comitiva. Vieron toda clase de plantas que reinaban en aquel lugar. Un hombre salió a recibirlos. Al mirarlo, se imaginaron que era un heraldo protocolario, serio y frío. Pero no.

El mensajero del rey era todo un caballero. Era un general de estatura mediana, de rostro alegre y cuerpo robusto. Su firmeza en el porte contrastaba con la sencillez de su semblante. De manos pétreas y tez bronceada bajo el sol. Tenía una barba fina que corría a lo largo de las mandíbulas cerrándose alrededor de la boca. Su paso era seguro y en sus ojos brillaba la sincera alegría de ver al amigo volver a la casa ansiada.

—Bienvenidos, caballeros de Alba. La hermosa ciudad de Alba, hermana consanguínea de la Blanca Glaucia. Alba, la ciudad del Unicornio —habló con voz solemne y a la vez vivaz.

—Muchísimas gracias, ilustre caballero —contestó el general Aómal al apearse del caballo.

—Permítanme presentarme, señores caballeros. Mi nombre es Román, general de Rúvano y representante de mi rey y señor, el soberano Reminísteto.

—Mucho gusto, caballero Román. Mi nombre es Aómal, general de Alba, la ciudad del Unicornio y soy heraldo de mi tierra.

—El gusto es mío, general Aómal —aprobó Román estirándole la mano.

El gentil hombre de Rúvano quiso saludar a cada uno. Al llegar con la princesa Adariel se quedó maravillado de su belleza.

—Jamás había visto que una comitiva estuviese acompañada por un diplomático que fuese mujer y que al verla te hiciese recordar el rostro de una madre.

—Te agradezco el comentario y el honor que me haces, general Román —respondió ella con gentileza— aunque no soy el diplomático de Alba, más bien, me sumé a la comitiva porque tengo intenciones de hablar con un hombre llamado el sapiente Sénex Luzeum. Sin embargo, temía que si yo llegaba sola, la gente en el castillo no me hiciese caso.

—¿Buscas al anciano Luzeum?, —se quedó pensativo el general Román— no te preocupes, me encargaré de que te vea, aunque en este preciso momento no está en el castillo, pero pronto llegará.

—Gracias, general Román.

—Llámenme Román, simplemente. Así lo prefiero.

Y, por último, saludó al audaz Adis.

Cuando terminó, se dirigió al general Aómal:

—El rey será solícito en algunos momentos. La reunión la tendremos allá —indicó un edificio construido con grandes iónicas y techo encumbrado—. Lo llamamos El Escalón.

—Podemos esperar lo que sea necesario —agradeció el general Aómal.

—Además —agregó mirando a la princesa Adariel—, el rey querrá ver a todos. Todo el que pisa el castillo pasa delante de su mirada. Es la ley impuesta por el monarca.

—Entiendo —dijo la princesa Adariel y miró al general Aómal a los ojos. Temió que el rey o alguno de su séquito la pudiese reconocer. Aómal entendió.

—General Aómal, hace tiempo que Alba y Glaucia no se relacionan con Rúvano, me alegra que por fin, por parte de la del Unicornio se haya decidido reabrir relaciones diplomáticas.

—Lo sé, Román, la situación en el presente es muy grave y es imprescindible que dejemos de lado los viejos altercados.

—Me alegra saberlo. Sin lugar a dudas, mi rey los recibirá y escuchará con atención.

—Das la impresión de ser una persona muy sensata.

—Gracias, general Aómal, pero cuando uno tiene que asesorar al rey, debe asegurarse de que lo que se diga esté de acuerdo a un juicio práctico: buscar siempre el bien común y en especial el de la ciudad. Al menos, ese es mi parecer.

—Un parecer con el que concuerdo personalmente.

Román, sabiendo que el rey tardaría un poco, decidió dar un pequeño paseo.

—Me gustaría darles un breve recorrido por toda la ciudad, pero el rey no tardará mucho, así que los invito a que conozcan la ciudad entera de un solo vistazo. Existe una réplica en miniatura de la ciudad en una sala pegada al Escalón. Vamos.

—Román, este soldado, llamado Adis es un gran estudioso de las fortificaciones.

—En efecto, —comentó Adis— siempre me admiran las grandezas que ocultan las murallas. Cada vez que uno cruza los muros es como si entrara a un mundo nuevo por la belleza, el orden y la majestuosidad con que cada ciudad decora sus interiores.

La princesa Adariel simplemente escuchaba las conversaciones de los demás. Sabía que lo mejor era pasar lo más desapercibida que le fuese posible. El general aprovechó unos momentos y se le acercó:

—Albina, en caso de que quieras mejor alejarte por temor a ser conocida, estamos dispuestos a ayudarte a escapar, aunque eso signifique que podamos ser tomados como espías.

—Te lo agradezco, general. Sin embargo, he aprendido que cuando el destino cambia tus planes, es por algo. Así que sigamos adelante y dejemos que pase lo que tenga que pasar.

La comitiva llegó hasta las escalinatas del Escalón. Se dirigieron al pórtico. Entraron en una antesala. La réplica de la ciudad estaba construida a medio metro bajo el suelo. Un puente colgaba en medio de la sala. Allí los albos pudieron admirar la bien trazada ciudad de Rúvano.

—Me siento como si fuera un águila y de repente pudiese ver toda la ciudad desde lo más alto de los cielos —manifestó con entusiasmo uno de los soldados.

—La verdad es que yo nunca he visto una ciudad desde las alturas. Estoy como parado sobre ella —observó otro.

—¡Qué ciudad tan preciosa! —comentó Adariel encantada.

—Cierto, Albina, es una ciudad muy bonita —aseguró Armeo.

—¿Qué piensas de la ciudad, caballero Adis? —preguntó Román.

—Ummm... Es una ciudad muy interesante, demasiado interesante. Noto que se han realizado algunas remodelaciones.

—¡Cierto! Pero, ¿cómo lo supiste si esas remodelaciones fueron hechas hace tiempo?

—Por ejemplo, el material que se usó en la primera elaboración de la maqueta es más oscuro que el usado en los diseños posteriores. Si observas, te puedo decir que el castillo fue trasformado tres veces.

No. Cuatro veces.

—Es verdad —dijo asombrado Román—, ¿cómo lo supiste?

—El color es más claro. El gris del Castillo tiene tres tintes distintos y más fuertes que, por ejemplo, el que tiene el resto de las casas que lo rodean.

—¡Qué maravilla de hombre! Se ve que no necesito explicarte nada. Al contrario, me deberías de dar unas buenas clases de observación.

Éste sin ensalzarse por la adulación sincera, agregó:

—Tengo una pregunta.

—Adelante, por favor.

—¿Han terminado de hacer todos los cambios en la ciudad misma?

—El trabajo en la ciudad fue iniciado tan pronto como acabamos el modelo. Sin embargo, hasta hace dos años se llevó a término el proyecto entero.

—A mí me parece que la ciudad está muy bien resguardada y, por lo que se ve desde aquí arriba, puedo decir que no le noto ningún punto débil —observó Adis parándose en diversos puntos del puente que estaba encima de la maqueta.

—Bueno, es verdad. Una de las razones por las que realizamos esta empresa fue el de una mayor seguridad —le explicó.

Mientras que ellos hablaban sobre la ciudad, un mensajero llegó diciendo que el rey Reminísteto pronto estaría en El Escalón.

IX

LA ASAMBLEA DEL REY REMINÍSTETO

—Muy bien. Vamos para allá —Román respondió al sirviente. Luego se dirigió a todos—. Caballeros de Alba, el momento ha llegado. El rey Reminísteto, mi señor, está por arribar.

La comitiva salió de la sala y el general Aómal los formó en dos filas de siete. Él se colocó al frente. Adelante, hasta la izquierda estaba el que portaba el estandarte. En cambio, la princesa Adariel se colocó en una tercera fila, detrás de todos. Sin embargo, Román la colocó a la izquierda de la comitiva en una columna única. Los dejó ahí y entró en el edificio para tomar su puesto y esperar al rey Reminísteto. En cuanto llegó, un soldado salió al pórtico e indicó al General Aómal que entraran.

La comitiva de diplomacia ascendió las escalinatas. Penetró los umbrales del Escalón. Dos hombres figuraron al fondo, uno de ellos era el conocido Román. El segundo podía decirse que se trataba del rey. Daba un aspecto insidioso y hasta perverso. Portaba vestidos de gran elegancia. Sobre sus piernas yacía el cetro. La edad del rey mediaba entre los treinta años. Sus manos y su rostro aún no mostraban ningún surco hecho por la edad. Sus ojos eran de un café oscuro, pero no destellaban grandeza. Su mirada era fría como el hielo y su sonrisa era más pérfida que bondadosa. Aómal intentó cazar algún gesto amable. Pero no logró encontrarlo, en cambio, la princesa Adariel permaneció con la mira en el suelo.

—Queridísimo rey y señor mío —comenzó diciendo Román—. Permíteme presentarte a nuestra tan amable comitiva de Alba, la del Unicornio, que viene en busca de un acuerdo que lleve a las dos naciones al mejoramiento y a la fraternidad mutua.

—No tienes por qué gastar saliva en decirme de dónde vienen. Lo sé. Veo el estandarte que llevan —dijo el rey, quien había llegado al trono a una edad en donde aún no tenía fijos sus principios y había sido fuertemente influenciado por otros.

—Mi rey, recuerda que esa no es la forma de comportarse frente a una ciudad —le susurró Román, persona más sensata y prudente que el mismo rey—. No solo porque Alba es una ciudad poderosa y con grandes aliados, sino que, además, viene aquí con buenas intenciones de restablecer relaciones fraternales hechas en otros tiempos.

—Román, —dijo el rey en voz baja— no es esa la forma en que los trataría si de verdad fueran, como tú los llamas: fraternos. Bien sabes que rompí relaciones gracias al viejo petulante de su rey Alancés.

Román tuvo que callar, pues sabía que más que altanería del gran rey Alancés, había sido capricho del rey Reminísteto.

—Pues bien, rey mío —intentó favorecer a la comitiva de Alba, ante la posibilidad de restablecer el vínculo que ayudaría a ambos reinos—, creo que no perdemos nada en escuchar qué es lo que vienen a pedirnos, además de que así mantenemos las reglas estrictas de la diplomacia.

—Román, las reglas solo nos atan. No creo que vengan a pedirme perdón por la arrogancia de su rey, más bien, vienen a suplicarnos ayuda. No dudo que ahora que se han visto atacados por sus enemigos, se vean en la necesidad de requerir nuestros alimentos, el trabajo de la gente de Rúvano, el tesoro de las arcas del reino.

Las noticias de la destrucción de Glaucia no habían llegado a todos los reinos tal cual había sucedido el hecho, sino que lo único que sabían es que Glaucia había entrado abiertamente en guerra contra los gramas y que éstos habían atacado primero. Pero que Glaucia había sido quemada desde sus cimientos y que todos habían perecido dentro de la ciudad, era algo desconocido e impensable. Ningún reino por fuerte que lo fuera podría destruir una ciudad tan bien construida para la guerra como lo era Glaucia. Sin embargo, nadie sabía que detrás de las filas de los gramas, los vermórum y la voluntad de Kyrténebre, el gran dragón, habían estado apoyando.

—Román, más bien, creo que si no vienen a pedirnos ayuda, quizás vienen con intenciones más perversas. Ya me imagino, Glaucia enfrentando a los gramas y Alba a nosotros —juzgó el monarca de Rúvano, como solía hacerlo siempre, parado sobre los argumentos de su propia intuición y sentimientos.

—Con todo respeto, mi rey, pero dudo que esa sea la situación —dijo el general de Rúvano, quien siempre hablaba de lo que tenía en la mente con cierta libertad.

Mientras tanto, la comitiva seguía en pie, bastante alejada para escuchar lo que hablaban entre el rey Reministeto y su general Román, pero estaban lo suficientemente cerca como para ver que la situación mostraba nubarrones negros y terribles.

El rey miró a la comitiva de diplomacia, con un gesto les indicó que se acercaran. Ellos avanzaron hasta que el rey dio otro gesto para que se pararan. La princesa Adariel caminó junto a la comitiva.

Román iba a hablar cuando el rey Reministeto lo interrumpió:

—Sin rodeos, ¿a qué han venido? ¿Qué es lo que quiere Alancés? —los interrogó con despecho.

Ante el pronunciamiento del rey Alancés, sin su decorativo de rey, el monarca de Rúvano hirió a todos los albos, pero más a la princesa Adariel, quien sintió furia y deseos de ser ella misma la que hablara, pero se tuvo que contener. Lo mismo hizo el general Aómal, debía ser prudente:

—Estimado soberano de Rúvano —inició el general Aómal, pero no pudo continuar porque el rey lo interrumpió.

—Ya sé, conozco el discursito que traen —y se sentó en la silla como si imitara a un hombre arrogante, tratando de evocar al rey Alancés—. Es algo así: «Porque los tiempos apremian, todos los demás reinos deben luchar contra el enemigo, volviendo a la antigua alianza. Sin olvidar que todos estarán bajo el poder y dominio de Glaucia y Alba». Largo de aquí —ordenó sin pensarlo.

La princesa Adariel no pudo evitar levantar el rostro, sorprendida por el comportamiento del rey Reministeto.

Aómal mantuvo la calma, aunque por dentro se sentía pasmado y aturdido. Le había tocado hablar con jefes de tribus sanguinarias, con cabezas de pueblos guerreros nómadas, en donde las situaciones eran adversas y se preveía qué esperar, en cambio, nunca había tenido que enfrentarse a una circunstancia como la presente, en donde, no había explicación del comportamiento humano. Le había dicho a Adis que los hombres a veces actuaban de manera muy diferente, sorprendente y que se tenía que estar preparado a todo. Sin embargo, Aómal se sintió, por primera vez, indeciso en qué decir o cómo hablar.

El gran caballero de Alba estuvo a punto de dar media vuelta cuando un grito lo detuvo.

—¡General Aómal, detente! Estoy seguro de que mi rey y señor quiere escuchar ese mensaje que nos traes —y volviéndose al rey le suplicó—: Mi rey y señor, no es justo ni digno de un monarca no escuchar una comitiva de diplomacia.

El rey Reminísteto dio signos de impaciencia, con todo, Román continuó.

—Mínimo escúchalos y trata de sacar provecho de lo que el general Aómal viene a hablarte. Si Glaucia está en peligro, creo que tú sacarías más provecho que nadie en esta alianza —aunque Román sabía que lo importante no era obtener privilegios sobre Glaucia y Alba, sino más bien, la manera de pensar del rey Alancés lo había cautivado y profesaba más su ideología de la unidad de los reinos como había sucedido otrora que la de su propio rey Reminísteto de permanecer aislados de todos. Román buscaba un acercamiento de los reinos, creía más en la fuerza de la unión que la de las armas.

Esto había apaciguado los ímpetus del rey.

—Román —le dijo—, si quieres que pierda mi tiempo, anda, llama al consejo de ancianos. No escucharé nada hasta que ellos lleguen. De seguro Gryzna tendrá un juicio excelente sobre la presente situación.

La princesa Adariel y el resto de los albos respiraron hondo. La joven princesa pensó que si algún día caía en sus manos el poder premiar a Román, lo haría con todo su corazón y con toda gratitud. Además, cabía la esperanza de que también el sapiente Sénex Luzeum fuera convocado, ya que su papá le había explicado que el anciano había adquirido el título de consejero extraordinario, no solo en Glaucia y Alba, sino también en Rúvano y en otros reinos llevaba el título de huésped ilustre, lo que le permitía acceder a los consejos reales y hablar con libertad.

Las esperanzas crecieron en el corazón de Adariel, además, el general tendría la oportunidad de cumplir con su misión. Aunque no sabía que Gryzna ocupaba un lugar privilegiado en el agrado del rey Remínísteto, además, de ser un oponente directo al sapiente. Ambos poseían dones que iban más allá de la comprensión de cualquier habitante de Ézneton.

—Muchas gracias, majestad —dijo Aómal con alivio.

—No agradezcas nada —le respondió el rey Remínísteto y apresuró a Román— que el consejo no se tarde. ¡Llámalos ya!

Román aplaudió tres veces y un joven mensajero entró al instante. Poco después, escucharon el alejarse de un caballo. Adariel siguió con los ojos fijos en el suelo, evitando llamar la atención y todos los albos también pusieron su mirada abajo, permaneciendo en el más estricto silencio. El rey los observó con despotismo y luego volteó a otro lado distrayéndose. Román se mantuvo firme al lado de su rey.

El consejo que por lo regular tenían los reyes era de cinco miembros, por si tenían que votar acerca de algo no quedase en número par. Cuatro de los consejeros que tenía el rey Reminísteto lo habían sido también de su padre el rey Rugiono. El quinto había muerto unos años atrás y al instante Reminísteto mandó llamar a Gryzna para ocupar el cargo vacante. Esto no le había gustado a los más allegados al rey ya que Gryzna no era un hijo de Rúvano y su pasado era oscuro. Si bien, podría haberle dado el puesto de consejero extraordinario o huésped ilustre como lo era Sénex Luzeum, que tenía voz y voto en un consejo, aunque su voz y voto no tenían el mismo valor que el del resto del consejo, ya que el rey lo podía tomar o no en cuenta. Pero, el rey Reminísteto había erigido a Gryzna como consejero real y le había dado autoridad sobre los demás ancianos, incluso, tenía más poder que el mismo general Román.

Un silencio casi mortecino recorría los pasillos del lugar. El rey se encorvó. Colocó su rostro sobre las palmas de sus manos y permaneció así, sin mirar más a la comitiva. El tiempo parecía destilar con pereza. La joven princesa comenzó a ponerse muy nerviosa, no sabía qué esperar y pensaba si se había equivocado y hubiese sido mejor llegar por alguna puerta trasera y hacer todo lo que estuviese en sus manos para entrar en el castillo y así buscar al sapiente. Aunque en el fondo, sabía que era el destino quien la había llevado hasta ahora adelante. En ese momento llegó el primero de los miembros del consejo.

—Anciano Ruohesco —se oyó una voz que dijo—, el rey está ya adentro esperando.

Y se apresuró en pasar al interior del Escalón.

La princesa Adariel observó al recién llegado. El anciano Ruohesco era de estatura mediana. Su vestimenta era alegre como su espíritu algo ingenuo a pesar de la edad. Aunque era inteligente carecía de método, prefería seguirse por lo más fácil, en lugar de entrar en discusiones. Tenía una frente muy grande y una barba cerrada, ambas blancas. Al pasar junto al rey lo saludó como de costumbre, pero el rey Reminísteto solo levantó los ojos, lo vio y volvió a poner la mirada perdida.

Un segundo consejero arribó. El recién llegado era un tal Rajomú. Llegó con un paso estilo danzarín. Sonrisa en boca y aire de gentil hombre. Portaba una túnica aceitunada. Los ojos los tenía como si fueran esmeraldas. Su paso era ágil y era más joven que el anciano Ruohesco. También saludo al rey y se sentó junto al otro anciano.

Un tercero llegó.

La princesa observaba. Su nombre era Raquo y caminaba sobre dos pies apoyado en un tercero. Su bastón era tosco, pero fuerte. Tenía un rostro algo cuadrado con un par de cejas muy pobladas. Tomó su lugar al lado de los demás ancianos.

El cuarto consejero era un tal Reogrey, su porte era tosco pero firme. Parecía que las mandíbulas las tenía como sacadas. No tenía mucho pelo y la barba la llevaba descuidada. De sus manos se podían ver las venas saltadas. Miró a la comitiva de frente, movió la cabeza hacia los lados y luego se acercó al resto de los ancianos.

—Mi señor, —dijo Román— solo falta Gryzna.

—Lo sé, Román, lo sé, no tienes que decírmelo. Pronto estará aquí.

Y como si lo hubiese evocado, en ese momento apareció. A la princesa no le pareció ser ningún anciano. Su semblante mostraba algunos surcos, pero no eran los de un hombre mayor sino los de un hombre maduro. Llevaba una túnica negra de una limpieza impecable. El rostro mostraba una constante sonrisa malvada y burlesca. Tenía una tez de un blanco dorado por el sol. Antes de colocarse junto al rey Reminísteto, Gryzna pasó sus ojos por todos los albos y por la princesa Adariel, su expresión no fue la de un hombre que observa sino la de alguien capaz de hurgar hasta las intenciones del corazón.

—Román, puedes empezar tú exposición sobre el asunto a nuestros ancianos. Veamos qué sucede.

—Gracias, majestad, por tu gran amabilidad —respondió el general.

El legado se puso frente a la compañía e inició:

—Queridísimos señores ancianos de nuestra ciudad de Rúvano. Aquí, ante nosotros, se presenta una comitiva de diplomacia enviada desde Alba. Vienen encabezados por el general Aómal, quien nos dará los detalles de su venida.

El general Aómal dio un paso adelante:

—Ilustrísimo soberano y rey Reminísteto —empezó el general de Alba—. Eminentísimos señores honorables ancianos y consejeros del rey...

El relinchar de un caballo se escuchó afuera. Después, un hombre vigoroso cruzó la entrada. Su paso era ágil pero digno. Una túnica argéntea cubría su cuerpo. Sobre su cabeza se posaba la nieve de muchas décadas de invierno que parecían no conocer fin. Su semblante sereno. Su frente ancha y su nariz aguda. De sus ojos salían destellos altivos y suspicaces.

El rey se asombró al verlo. Los demás ancianos miraron a Gryzna quien recibió al recién llegado con una mirada torva. El anciano recién llegado no le prestó atención.

—Mi señor, —el anciano le dijo al rey— acabo de llegar de un viaje largo y me he enterado que has convocado al consejo. Así que aquí estoy para prestar mis servicios.

Antes de que el rey le contestara, Gryzna se adelantó:

—No tienes por qué estar aquí. En fin, llevas tiempo alejado de Rúvano. La ciudad no tiene ningún interés para ti o ¿hasta ahora lo tiene?

—Estoy en mi derecho de presentarme ante cualquier reunión citada por el rey.

—Eso era en otros tiempos, Luzeum.

—Te equivocas, Gryzna, mi título es vitalicio.

El rey tuvo que intervenir para evitar una confrontación entre los dos ancianos.

—Gryzna, déjalo que esté presente. Seguro, esto terminará pronto y nos iremos de aquí.

Gryzna levantó altivo el rostro y guardó silencio, Luzeum no dijo nada más y se sentó con el resto de los ancianos.

En cuanto el anciano Luzeum, estaba sentado y miró a la princesa Adariel. Ella lo observaba desde su llegada.

—El tiempo ha llegado —murmuró para sí el anciano Luzeum.

—General Aómal, —le indicó Román— continúe, por favor.

—Soberano de Rúvano y miembros del consejo, vengo desde Alba, la ciudad del Unicornio, a este esplendoroso reino de Rúvano, la ciudad de los Cuatro Picos. He sido enviado por el senescal Atileo, quien rige la ciudad. Vengo con los brazos extendidos para abogar por la antigua alianza que vinculaba Rúvano con todo el reino de Glaucia. Como bien sabrán, Glaucia ha sido atacada por los gramas. Quizás este hecho ya lo sepan, o no. Hace una semana la ciudad Blanca fue rodeada por los gramas provocando la caída del reino en una sola noche. Al parecer, ninguno se salvó, ni siquiera el gran rey Alancés. No sé si todos murieron o fueron hechos prisioneros. Lo que sí sabemos es que nadie llegó a Alba pidiendo ayuda.

El rey Reminísteto y los ancianos se inquietaron al enterarse de que Glaucia había perecido en un solo día. Habían escuchado el rumor del ataque pero desconocían las consecuencias tan catastróficas para el reino de la ciudad Blanca. Hubo dos ancianos que no se inmutaron ante los hechos, uno era Luzeum y el otro era Gryzna.

Adariel no quitaba los ojos del sapiente Sénex Luzeum, quien también la observaba.

Gryzna, en cambio, estaba atento a las palabras de Aómal.

—¿En serio, creerías que el altanero de Alancés murió al fin? —preguntó el rey Reminísteto.

El general se sobresaltó ante la formulación de un tema tan grave, pero se tuvo que sobreponer. Era necesaria una alianza aunque el rey tuviese en tan malos términos al gran rey Alancés.

—A ciencia cierta, no lo sabemos —respondió, intentando que su voz fuera serena.

—Murió como un perro —afirmó Gryzna.

Todos, incluyendo Adariel y Luzeum pusieron sus ojos en Gryzna. El rey preguntó:

—¿Por qué no me lo habías dicho?

—Desde que regresé de mi viaje, no había podido darte la buena noticia —se disculpó de esa manera el consejero Gryzna.

—Esa no es ninguna buena noticia —comentó Aómal, totalmente ofendido.

—Ni es la forma de compararlo —añadió Román, quien era un hombre justo.

—Y, ¿por qué no habría de ser buena noticia para el rey de Rúvano? —argumentó Gryzna.

—Porque la muerte de ningún hombre virtuoso es una buena noticia —habló Luzeum—. Sin importar si el hombre es de tu agrado o no.

—Exactamente, tienes razón anciano Luzeum —corroboró Román.

—Además, su muerte no solo tiene repercusiones para los albos, sino para todos los demás —agregó Aómal.

—Explícate —le exigió el rey Reminísteto.

—Si el ataque fue apoyado por el Gran Enemigo de otros tiempos, quiere decir que ha despertado y que pronto atacará otros reinos. Si no nos unimos, caeremos uno a uno, en solitario. En cambio, si nos unimos como en las Edades de la Alianza, lograremos contenerlo y quizás hasta vencerlo.

—No tiene sentido el discursito del general, rey —dijo Gryzna.

—¿Qué otro sentido le puedes dar al portento que uno de los reinos más poderosos haya sido vencido en una sola noche? —argumentó el general de Alba.

—Dale el sentido que quieras, —reprochó Gryzna— pero el tal enemigo que mencionas, no existe. Es un cuento de niños.

Lo que Gryzna buscaba era que el rey no se aterrara ante el nombre de Kyrténebre, pues era un rey que podía cambiar de bando fácilmente ante el miedo de tener que perder su reino. Además, la idea de que Kyrténebre seguía con vida era una idea poderosa y terrible que podía transformar un corazón tan voluble como el del rey Reminísteto y volverlo en un fiero aliado de Alba y de otras ciudades en contra del Reino Negro. Ese no era el objetivo de Gryzna, él quería un títere en las manos de su señor, el gran dragón Kyrténebre. Gryzna no era un hombre de Ézneton era uno de los vermórum. Uno de los más poderosos y temibles. Y había visto cómo su señor Kyrténebre había dado muerte al rey Alancés.

Gryzna no había ejercido su fuerza sobre el rey. Le era más divertido jugar con los sentimientos de un hombre que no era capaz de decir no a sus instintos. Además, si hacía uso de sus grandes capacidades sería notado por algún ignisórum.

Los ignisórum habían sido enviados desde tiempos remotos para poder enfrentarse cara a cara con los vermórum. Y Gryzna temía que Luzeum fuese uno de los ignisórum y Luzeum que Gryzna fuese un vermórum. Ninguno de los dos se mostraría a menos que fuese trascedente. Los dones de cada uno de los ignisórum y de los vermórum eran más fuertes y poderosos que los de cualquier ser humano, y si los usaban eran sentidos por los demás, con todo, no podían poseer directamente en las voluntades de los hombres.

La situación se había puesto tensa en El Escalón. Fue entonces que el rey Reminísteto se sintió cansado de oír discusiones. Su mayor anciano y consejero le había afirmado que no había nada qué temer. El gran dragón no existía y el general Aómal no tenía la talla para discutir con un consejero como lo era Gryzna.

—Consejero, —dijo— estos hombres han venido a pedirnos que nos involucremos con ellos en una guerra contra los gramas. Yo no veo la necesidad de que entremos en una lucha innecesaria. Es mejor que cada quien enfrente sus propios problemas. Sin embargo, es mi deber, como diría Román, escucharlos y ver qué piensan ustedes —lo habló de manera diplomática, pero en el fondo ya había tomado su resolución.

Los cuatro consejeros se reunieron y discutieron entre sí. Gryzna se sumó a ellos al igual que Luzeum. Por primera vez, ni Gryzna ni Luzeum hablaron al respecto. Ambos sabían que el rey Reminísteto había tomado una determinación, pero lo más importante para Gryzna era que el rey Reminísteto seguía bajo su poder, y para Luzeum que había encontrado a la princesa Adariel, así que prefería que la comitiva se fuera lo más pronto posible para evitar que la princesa fuera reconocida. Adariel había actuado bien manteniendo su silencio a pesar de los insultos que se habían dicho en contra de su padre, el rey Alancés, y a pesar de que veía cómo Alba no lograba un aliado, quedándose sola frente al enemigo. Una decisión nada fácil, pero digna de la madre del futuro rey de reyes.

—Mi rey y soberano, —dijo Gryzna en voz alta, como jefe del consejo— nuestra decisión es que Rúvano permanezca alejada de cualquier problema que no le atañe. Fueron tres votos en contra y dos a favor de apoyar.

—Rey Reministeto —agregó Luzeum—. Mi voto extra es a favor.

Román les agradeció a los dos y esperó que el rey Reministeto tomara en cuenta el voto de Luzeum, pues era su decisión validarlo o no.

—Creo que mi consejo ha dado sus votos y por ser parejo, tengo que tomar yo la decisión —aunque lo de parejo solo lo agregó para verse correcto ante el voto de Luzeum—. Rúvano no se aliará con Alba. Así que, general Aómal, pueden regresar hoy mismo a su tierra. La sesión ha terminado.

Cuando el rey Reministeto emitió su decisión, el corazón de la princesa se entristeció. Aómal no había conseguido una ayuda que era muy necesaria para mantenerse firme contra el enemigo. Por su parte, se dio media vuelta e indicó a sus soldados que salieran. No había podido tener una buena conversación con el rey, además, sentía que el anciano Gryzna había viciado, no solo la reunión sino el ambiente mismo desde el momento en que había llegado y juzgó que el sapiente Sénex Luzeum no quiso hacer mucho para evitar que la princesa Adariel fuese descubierta.

El rey estaba a punto de moverse de su asiento, cuando Gryzna notó a la princesa Adariel, que aunque no sabía que era la princesa de Glaucia y Alba, ni la había visto jamás, le llamó la atención que hubiese una mujer en la comitiva de diplomacia de Alba. Era algo inusual.

—Alto, general Aómal —le indicó Gryzna.

La comitiva entera se detuvo y con ella la princesa. Un escalofrío corrió por el cuerpo de Adariel, sintió la mirada de Gryzna sobre ella. También Luzeum se sobresaltó.

—¿Qué sucede, Gryzna? —se interesó el rey.

—Hay una mujer en la comitiva —le hizo observar y le apuntó con el dedo.

—Esa mujer no venía con la comitiva de diplomacia —se adelantó a explicar Román—, ella venía simplemente a ver al anciano Luzeum. Sin embargo, el rey expidió una ley diciendo que todos los que llegaran al Castillo tenían la obligación de pasar frente a él. Por eso está a un lado de la comitiva de Alba y no entre ellos.

—Sí, rey, —se apresuró a explicar Luzeum— yo la mandé llamar.

—¿Quién eres? —le preguntó el rey Reminísteto.

La princesa Adariel tuvo que hablar, de lo contrario, se vería extraño que Luzeum o el general Aómal no la dejasen hacerlo.

—Soy Albina.

—Y, ¿de dónde vienes? Veo que no eres una súbdita mía.

—Vengo de una tribu muy lejana, —tuvo que inventar— Luzeum me pidió que viniera a verlo.

—Está bien, puedes ir con él y arreglar tus asuntos.

Sin embargo, Adariel había hablado y al oírla, Gryzna sabía que ese timbre de voz ya lo había oído antes. Intentó hacer memoria, pero no logró recordar de dónde. Necesitaba escucharla más.

—¿Albina te llamas? —Gryzna la cuestionó otra vez.

—Eso es lo que he dicho —afirmó la princesa.

—¿Hace cuánto tiempo llevas viajando con los albos?

—Ayer nos encontramos en el camino.

Gryzna seguía haciendo memoria.

—Si te los encontraste en el camino, quiere decir que venías de alguna parte del sur.

—Me perdí y terminé encontrando el camino que une a Alba con Rúvano.

Gryzna recordó esa manera de decir la palabra Alba. Además, el timbre se le hacía muy parecido al que escuchó salir de la boca del rey Alancés cuando estuvo frente a su señor Kyrténebre. No estaba seguro pero no podía perder ninguna oportunidad.

—Puedes marcharte junto con la comitiva de Alba —indicó a manera de mentira Gryzna.

Cuando la comitiva estaba a punto de salir, Gryzna gritó:

—Alto, regresen.

El rey se quedó sorprendido, al igual que todos los presentes, Gryzna explicó su cambio repentino.

—Mi rey y señor Reministeto, he pensado que deberías de meditar bien una alianza con Alba —y añadió en un susurro: Alba no tiene rey, si eres sabio puedes apoderarte también de la ciudad y reinar sobre ella. Yo mismo te ayudaré a que lo logres. Ahora, Alba está gobernada por un senescal, será fácil unirlo a tu favor y después será más fácil quedarte con el trono y extender tu poderío sobre Alba.

—No lo había pensado —respondió en voz baja el rey.

—Sería una buena manera de vengarte del rey Alancés. Imagina tomar posesión parte de lo que era su reino.

—Es cierto —le contestó maravillado—. ¿Qué hago?

—Invítalos a que se queden a cenar, para que al día siguiente pongan los términos de la alianza, arguméntales que tendrás que pensarlos bien durante la noche —le dijo al oído. Lo que Gryzna buscaba era detener por más tiempo a la que él acababa de conocer con el nombre de Albina y eso sería a través de la comitiva de Alba.

—Invita también a la joven que los acompaña, ya que todos son bienvenidos en tu reino y a tu mesa.

El rey se levantó con satisfacción, imaginándose como rey de Alba.

—Creo —expresó el rey— que Gryzna ha observado un punto que podría ser muy delicado. Siento que existen razones, quizás no tanto las presentes, pero sí las que unieron otrora mi reino con el suyo.

Así que deseo hacer la alianza con Alba, la ciudad del Unicornio.

Aómal se había puesto feliz, lo había conseguido. Toda la comitiva respiró con alivio. La princesa Adariel dejó escapar una sonrisa. Alba no estaría sola.

—Sin embargo, los términos exactos los trataremos mejor mañana, ahora ya tengo hambre y deseo invitarlos a un banquete. También a ti, Albina, ya que has presenciado estos acontecimientos que cambiarán el rumbo de la historia.

Desde el momento en que Gryzna le había susurrado algo al rey, Luzeum lo tomó por mal agüero y más, cuando vio que la princesa Adariel había sido invitada también al banquete. Gryzna había tramado algo y acababa de lanzar la trampa.

X

INVITACIÓN AL BANQUETE

La princesa Adariel se acercó al general Aómal:

—No sé cómo —le expresó— ni qué pasó pero has logrado, hasta ahora, que el rey considere la posibilidad de apertura de las relaciones entre Alba y su reino. Solo que asegúrate de que las condiciones sean favorables para Alba y que el rey no se aproveche.

—Es exactamente la siguiente batalla que tendré que afrontar —le explicó, pues sabía que era la princesa Adariel, así que tenía todo el derecho de saber sus intenciones—. Desde luego, si los términos son demasiado desfavorables para el reino de Alba, tendré que rechazar dicha unión. El anciano Gryzna no me ha dejado tranquilo.

—En eso tienes razón —confirmó la princesa Adariel—. En cuanto llegó ese consejero la reunión se vició con una atmósfera perversa. No sé por qué.

—Sus insinuaciones no han estado para nada erróneas —dijo Luzeum, quien acababa de llegar sin ser notado.

—¡Sapiente Sénex Luzeum! —exclamó la princesa.

El anciano le hizo un gesto de silencio. Venía con un rostro serio y hasta preocupado. No podía ocultar una sonrisa del gusto de ver a la princesa.

—He esperado mucho tiempo este momento —y recalcó—, más tiempo del que te puedas imaginar. Sin embargo, no toquemos el tema que ambos deseamos. Al menos no aquí.

El anciano Luzeum había intuido que a lo mejor los albos sabían algo acerca de la princesa Adariel, aunque quería asegurarse de que así fuese.

En ese momento, apareció otro de los que abogó a favor de los albos, el general de Rúvano, el buen hombre Román:

—Me alegra que todo haya salido con bien, tanto para ustedes como para Rúvano. Sin lugar a dudas, esta alianza debe favorecer a ambos reinos. Al menos, esos eran los deseos del rey Alancés, a quien en lo personal, deseo que haya podido escapar y a quien tengo en gran estima.

Tanto a la princesa como a los albos les agradó que el general Román tuviese en buena estima al gran rey de Glaucia. Era una consideración que ellos necesitaban escuchar, después de haber oído cómo el rey Reminísteto y Gryzna habían hablado de él.

—Dudo mucho que esta alianza se lleve a buen término —aseguró el anciano Luzeum.

Todos se le quedaron viendo, incluido Román. Hasta podían oír los latidos de sus corazones del silencio que se había producido.

—Grandes eventos pasarán esta noche —explicó Luzeum—. Lo puedo percibir. Pero, hasta entonces, no hay que preocuparse. Al menos, tienen que disfrutar del banquete. Yo intentaré que mis palabras no sean más que una nube negra en el horizonte.

Pero todos tenían el mismo presentimiento que el anciano Luzeum. Nadie más quería hablar después de sus palabras. Fue el sapiente quien volvió a tomar la palabra.

—Román, hazme el favor de dirigir a estos hombres por el castillo, que lo conozcan. Yo tendré que hablar con la joven, de modo que todos estén listos para la cena.

—Correcto, anciano Luzeum —le dijo Román—. Les guiaré por el castillo para que conozcan unas de las construcciones más hermosas de todo el reino.

Mientras hablaban, el más sagaz de todos los albos, el joven Adis había estado observando todo el tiempo a Luzeum, queriendo llamar su atención. Pero Luzeum tenía en mente hablar con Adariel, hija del rey Alancés, así que no se había percatado de lo que quería el joven soldado.

—Ve delante de todos Román, ella y yo los seguiremos de cerca.

—Está bien —accedió.

En el momento en que Luzeum le indicó a la princesa que fuera hacia atrás, notó al joven soldado de Alba. Lo reconoció al instante y le hizo una sonrisa muy abierta y notable. Adis le respondió, también notablemente alegre. Luzeum le indicó que luego hablarían. Adis entendió perfectamente el gesto y se acercó al general Aómal para escuchar a Román quien ya los estaba guiando por un amplio pasillo, en medio de un jardín lleno de pasto, flores y árboles frutales, hasta que llegaron a una fuente.

—Aquí está la fuente de Rugión —explicó Román—. Fue colocada por el rey Rugiono. Su reinado duró setenta y ocho años. Durante ellos, la ciudad creció y prosperó. Tan es así que aún seguimos disfrutando del fruto de su labor. De hecho, los llevaré al Gran Salón, luego al Liberartum, dos grandes construcciones erigidas por el rey Rugiono y ya al final los llevaré a las habitaciones, en donde podrán prepararse para el banquete.

El sapiente Sénex Luzeum se había quedado rezagado junto con Adariel. Cuando vio que nadie los podía escuchar, empezó a hablar.

—Salve, vástago del rey Alancés, princesa de Glaucia y Alba, futura madre del gran rey de reyes —la honró como debía, que aunque Luzeum era un ignisórum, cosa que hasta sus más allegados no sabían ni sospechado, era respetuoso de los cánones de los hombres de Ézneton—. Es un gran honor para mí conocerte al fin.

—Al contario, sapiente Sénex Luzeum, el honor es mío. Por fin puedo conocer a quien fue tutor de mi querido padre y consejero de mi abuelo. Sin lugar a duda, la experiencia que tienes la has ganado por los años que has vivido.

—Confieso que he aprendido bastante de muchos hombres buenos que han pisado esta hermosa tierra de Ézneton —comentó con la mirada puesta en lo lejano de sus recuerdos.

A la princesa le pareció que Luzeum no era un mortal como todos los demás, y no estaba equivocada. Nadie sabía cuando Luzeum había empezado a cruzar a caballo toda Ézneton, yendo de reino en reino, hablando con reyes y gente común. Lo conocían en todos los reinos, aunque no en todos era admitido con agrado. Eso se debía a que Luzeum resultaba ser un constante llamado a la conciencia de cada hombre, a analizar cómo era su conducta, tanto de los reyes para con sus pueblos como de los mismos pueblos para sí mismos.

Si había dejado que el rey Reminísteto fuera cambiando las normas y las políticas en la ciudad de los Cuatro Picos, no había sido porque ya no tenía el mismo poder de antes; sino porque había tenido que estar al pendiente de otros asuntos que concernían con la llegada de los tiempos para el cumplimiento de la profecía que había humillado al gran dragón Kyrténebre el mismo día que se alzó airoso sobre toda Ézneton, cuando logró la sumisión de miles de hombres y pensaba que reinaría sobre todos para siempre; la profecía fue escrita con fuego en los cielos como advertencia de que no todo sería como Kyrténebre había previsto, sino como había sido escrito desde siempre por el destino, permitiendo la existencia del gran dragón Kyrténebre para que los hombres de Ézneton eligieran sin restricciones entre su libertad o la esclavitud.

El anciano volvió del pasado de sus recuerdos y miró muy hondo en los ojos de la princesa Adariel.

—Te decía, he esperado con ansias a que llegara este día. Me encontraba de viaje, por territorios muy oscuros y peligrosos, pero una corazonada me inspiró a regresar a Rúvano. Cuando estaba en territorio amigo me llegaron las noticias del ataque de Glaucia, a pesar de ello, no quise desviarme ni detenerme hasta no llegar aquí. Sabía que el rey Alancés te enviaría a Rúvano a buscarme. Temía que llegases y yo no estuviese. Cabalgué por cuatro días y cuatro noches sin parar, parece que llegué justo a tiempo.

—Así lo creo yo también. Sin lugar a dudas, fue una bendición que hace unos días haya llovido tanto que inundó toda la necrópolis de Mankeirogps, impidiéndome la entrada hasta que se secara. De lo contrario, yo habría llegado aquí dos días atrás y al no encontrarte lo más seguro es que me hubiera marchado. No me expondría a que me descubriesen. Sin embargo, creo que los albos sí lo hicieron. Cometí un error —le explicó dolida— me encontraron en el camino. Como vi que no me habían reconocido, me uní a ellos de camino a Rúvano. Estoy segura de que no me hubieran reconocido nunca. Siempre he tenido el cabello agarrado, sin embargo, para evitar que la gente me reconociera, mi padre me dijo que con el cabello suelto mi aspecto cambiaba mucho. Pero ayer que llegamos a la ciudad, me di un baño en la posada en donde pasamos la noche y me sujeté el cabello al día siguiente. Fue entonces que me reconocieron.

Sénex Luzeum notó que había dolor en el corazón de la princesa.

—Cuando así fue —continuó diciéndole— tuve que usar mi derecho y potestad de princesa y les obligué a que profesaran un juramento de sangre. Sé que algunos no querían hacerlo, pero era necesario.

—Lo entiendo, princesa, y no te juzgo. Esa fue una acción muy valiente de tu parte. Has logrado que el secreto de tu sobrevivencia siga vivo. Mantenerlo es parte de nuestra fortaleza y esperanza para destruir el reino de Kyrténebre. Aunque presiento que Gryzna ha logrado sospechar de ti.

—¿Crees?

—Sí. El cambio tan drástico que tuvo el rey en la asamblea hace unos instantes me da mucho qué pensar.

—¿Qué podemos hacer?

—Es lo que estoy planeando.

Un grupo de coníferas enfilaba la entrada del Gran Salón.

—Estas dos hileras de árboles son rodros —les explicó Román a los albos— son típicos de la región de Rúvano. Abren el camino a una estancia de inmensas dimensiones, la llamamos: el Gran Salón. Este edificio fue construido en tiempos del rey Rasquileo.

—¿Quién fue ese? —se le escapó la pregunta a uno de los albos.

—El rey Rasquileo fue el tatarabuelo del rey Rugiono. En otras palabras, el tataratarabuelo del rey Reminísteto.

—¿Él lo mandó construir? —inquirió otro.

—No solo éste, sino que todas las construcciones grandes fueron dirigidas bajo su mirada. De hecho, la maqueta que les mostré fue un proyecto del rey Rasquileo, quien llevó a cabo gran parte de su construcción, desde las murallas hasta los edificios más grandes que se encuentran en esta ciudad; a su legado de construcciones lo llamamos edificaciones rasquileas.

—¿O sea que todas las obras de Rasquileo son así de grandiosas, masivas y colosales? —preguntó Armeo, quien se encontraba cerca de Adis y del general Aómal.

—Sí, todas ellas —aseguró Román.

—Ese rey debió de ser impresionante —confesó Adis.

—Lo fue, —asintió Román— lo fue.

El magnífico edificio que se levantaba frente a ellos era el Gran Salón y estaba dedicado a la música. El pórtico estaba sostenido por siete mujeres que tocaban instrumentos distintos cada una, con excepción de una de ellas.

Román apuntó la que no llevaba instrumento y les explicó:

—Para el rey Rasquileo, esa era la más hermosa y la mejor construida. ¿Alguno de ustedes se imagina qué instrumento está tocando?

—Parece que en lugar de tocar un instrumento está simplemente cantado —dijo uno de los albos—, pero no está tocando ningún instrumento.

—Sí, lo está haciendo —respondió Román—, y no tan simple como dices. La teoría del rey Rasquileo era que el instrumento más hermoso y con mejor sonido y el más difícil de tocar bien era la voz humana, por eso puso tanto énfasis en que fuera la mejor tallada. Dicen que todas las mujeres del reino tuvieron que pasar frente al rey para que él eligiera la idónea, tanto por su belleza exterior como por la excelencia de su voz y usarla como modelo.

En cuanto entraron, las concavidades en lo alto del techo les trajeron los sonidos dulces de una melodía.

—¿Cómo lo olvidé? Hoy es día de clase.

—¿Clase?

—El rey Rasquileo construyó este Gran Salón precisamente para escuchar música. Y desde entonces, siempre se ha procurado que los más talentosos tengan clase aquí. Claro, también tenemos conciertos en las festividades.

—Qué hermoso que nunca hayan quitado este lugar —comentó uno de los albos, casi elevado por las notas de aquella melodía suave.

—Y te puedes imaginar que hubo una persona que propuso convertir este lugar en un arsenal —dijo Román con un tono lleno de furia.

—¿Fuiste tú el que se opuso?

—Por supuesto —respondió con dignidad—. Lo bueno es que al final el rey Reminísteto se ocupó de otros asuntos y no se llevó a cabo la petición de Gryzna.

Adariel y Luzeum entraron poco después que el grupo. El anciano estaba aclarando algunas dudas.

—Entonces, ¿traes el diamante contigo?

—Sí, lo llevo colgado al cuello —y le mostró la talega— ¿quieres verlo?

—No. Ahí está muy bien. ¿El rey te explicó lo del *lavaque*?

—No recuerdo que me haya mencionado eso. Aquella noche había mucho qué decirnos y tan poco tiempo para hacerlo.

—Entiendo, imagino que quería que yo te lo explicase... Como bien sabes, el diamante lleva el apelativo de «herido». La noche en que las Piedras Preciosas fueron separadas por el traidor de la Espada de la Alianza, el diamante perdió todo su esplendor. Obvio, fue con las artimañas y el poder de Kyrténebre que logró causar semejante daño a la piedra angular de la alianza. Antes, el diamante parecía tener un hermoso fluido por dentro, como si fuera un fuego líquido, a lo que se le denominó *lavaque*. Fue el *lavaque* lo que perdió ese día el diamante y con eso, la unión que había entre todas las Piedras Preciosas se debilitó. Desde entonces al diamante se le menciona como herido que en otras palabras significa que está muerto.

—Y ¿dónde puedo encontrar más *lavaque* para revivir al diamante?

—El rey Alancés pasó su vida entera buscándolo,

al igual que yo lo he estado haciendo desde hace tiempo. Nunca encontramos un indicio que nos dijera o nos dirigiera hacia la procedencia del *lavaque*. —Entonces, ¿qué haremos? —cuestionó la princesa.

—Lo que hemos hecho todo este tiempo: confiar y esperar. Quizás sea el futuro rey de reyes quien está destinado a encontrarlo o a... producirlo. Ahora lo que importa es mantenerte viva hasta que des a luz a tu hijo y luego, tendremos que preparar a tu hijo para que pueda enfrentar a Kyrténebre, en cuanto a lo demás, lo sabremos a su debido tiempo.

—Sí, mi hijo. No creo que tarde mucho en nacer.

—Tampoco yo. Las estrellas se han estado alineando desde el día en que tú naciste y están cerca de terminar de hacerlo. El futuro rey de reyes está por nacer.

En ese momento llegaron al Gran Salón inundado de las hermosas melodías que los estudiantes practicaban aquel día.

Pronto se acercaron a otro de los edificios rasquileos. Su portentosa estructura daba la sensación de acercarse a un libro enorme asentado en un par de manos. Román les confirmó lo que veían:

—Sí, el Liberartum es una biblioteca y el rey Rasquileo decidió construir el edificio como si fuesen dos manos sosteniendo un libro abierto por la mitad. Para el rey Rasquileo su construcción tenía que ser una invitación a la lectura.

Cuando entraron, se sorprendieron de la iluminación tan perfecta que tenía la estructura. A pesar de que la bóveda estaba cerrada por completo, los dedos de las manos que detenían el techo estaban abiertos de tal forma que le daban una estabilidad perfecta a la construcción, además dejaban entrar la luz que era reflejada de tal forma que se esparcía por todos los pasillos de la biblioteca.

—Aquí se guardan copias de las historias más antiguas de los reinos de antaño —continuó explicando Román—. Entre ellas, se pueden encontrar las del Esponto Azul, Croupén, Frugmia, Escagáscar, Ríomönzón y muchas más. Existen, también, algunas reseñas de los reinos presentes. Como bien sabrán, todos los libros de historia que conciernen a lo que pasó hasta el momento en que se rompió la Alianza, son muy similares a los libros que todos los reinos tienen en sus bibliotecas. Sin embargo, lo que pasó en ese tiempo y todo lo que aconteció después cada quien tiene sus propias interpretaciones de los hechos.

—¿Por qué guardar tanta historia? —preguntó un albo.

A lo que Aómal respondió antes de que Román lo hiciera.

—Un pueblo sin pasado es como un anciano sin experiencia.

Mientras tanto, la princesa y el sapiente seguían hablando a cierta distancia de la comitiva y de Román.

—He pensado en que lo mejor para ti y para todos sería que el diamante herido lo envíe a unas tierras muy lejanas que conozco y que pueden resguardarlo de forma segura y que tú te pierdas en uno de los pueblitos del norte, de esos que están entre los reinos de las Grandes Montañas y la Foresta Negra.

Sin duda, Kyrténebre estará tranquilo de haber destruido y asesinado a todos los habitantes de Glaucia, pero él seguirá buscando el diamante herido, y es mejor que al hacerlo no dé contigo. Sería catastrófico que así fuese.

—Entiendo sapiente, —le dijo angustiada— pero, ¿a quién se lo podremos dar para que lo cuide? ¿Acaso quieres hacerlo tú?

—No. No es mi deber utilizar mis dones para esconder ni el diamante herido ni ninguna otra Piedra Preciosa. Lo mío es colaborar y no hacer el trabajo de los hombres. Además, yo debo seguir buscando a los de mi orden. Muchos de ellos se han escondido en lugares inhóspitos, creyendo que los hombres de Ézneton caerían en el poder de Kyrténebre y de los vermórum.

—Pero, ¿a qué te refieres con los de tu orden? ¿Eres acaso uno de los ignisórum?

—Tú lo has dicho —reveló por primera vez desde su llegada a Ézneton.

En ese momento, a la princesa Adariel le pareció que Luzeum crecía en tamaño y que sus canas eran más blancas que cualquier blanco sobre la Tierra, y un brillo radiante más que el sol parecía salir de su cuerpo.

—Por lo mismo, —volvió a hablar Luzeum— he pensado que sea Adis, uno de los soldados albos que llegaron con el general Aómal. Él es el indicado para portar el diamante herido y esconderlo hasta que yo le indique.

—¿Lo conoces?

—¿Que si lo conozco? —sonrió Sénex Luzeum—. Te contaré algo de él, yo mismo le puse ese nombre, Adis. *Ad* lo tomé de su padre, Adeomar. El *is* lo tomé de su madre, Isamiel. Su padre murió defendiendo a un grupo de cazadores. Isamiel dio su vida por Adis. Ambos murieron el mismo día —suspiró—. Eso sucedió cerca del Valle de la

Sirma. No creo que él conozca la historia de sus padres. Pero sé que el espíritu de ambos reside en el joven.

En ese momento, la comitiva alba había llegado a los anaqueles en donde estaban los escritos y las crónicas de los últimos reyes de Rúvano:

—Como pueden observar las crónicas del rey Rasquileo son muy extensas. En ellas guardamos todos los planos de los edificios que mandó construir en su reinado.

—¿Las de Rugiono se perdieron? —preguntó Armeo al notar un solo tomo.

—No se perdieron. De él no se escribió todo el bien que hizo a su pueblo. No le gustaba mucho hacerlo, según me han contado. Aunque por allí se dice que más que grandes construcciones, hizo grandes acciones por su gente. Cuando él murió, todos lo lloraron con amargura. Los ruvaneses lo querían mucho.

—Veo que el rey Reministeto ocupa casi lo mismo que todos los reyes de Rúvano juntos —apuntó otro soldado albo.

Román levantó los hombros y no comentó nada al respecto. El general de Rúvano terminó por mostrarles el Liberartum.

Salieron por un pasillo entre árboles y una fuente. Ya estaba medio oscuro y se escuchaba el chirriar de los grillos.

El anciano Luzeum decidió mandar un mensaje a un hombre de confianza para que mantuviera un ojo en el anciano Gryzna. Luzeum silbó una melodía agradable que Adariel sintió como tranquilizadora. Poco después, se escuchó otro canto parecido. La princesa levantó los ojos y miró un ave que surcaba el cielo.

—Es mi mensajera —explicó.

—Una paloma.

—Se llama Humis. La utilizo para encargos dentro de Rúvano, hace los viajes cortos. Para los largos y peligrosos tengo un halcón blanco.

—Sí, me dijo mi padre. Se llama Viátor —Adariel recordó.

—Correcto.

Humis se posó sobre su hombro izquierdo y el anciano la acarició con ternura.

—Humis, tengo un recado muy urgente qué dar.

Luzeum sacó de su pecho un pequeño pergamino. Escribió, lo colocó en la pata de la paloma y le indicó:

—Llévalo de prisa. Es muy importante.

La paloma Humis se alejó entonando la hermosa melodía. En ese momento, Román ya había entrado al área de las habitaciones y le estaba designando una a cada uno. Luzeum se quedó pensando en lo difícil que sería defender a la princesa con un puñado de catorce soldados y un general. Tuvo que admirar lo bien que Kyrténebre había hilvanado su telaraña. No había dejado nada a la casualidad, con todo, ahí estaba la princesa Adariel, brillante y sonriente con su hijo en el vientre y el diamante herido colgando del cuello.

—Román —le dijo Luzeum— por favor, dale la habitación 27 a la joven Albina. Es una de las mejores, se encuentra en el segundo piso y tiene un balcón con vista más allá de las murallas, la apertura de un paisaje encantador, casi de ensueño. Yo tengo que ir a visitar a un amigo.

—Claro que sí, anciano Luzeum, —le respondió Román, luego se dirigió a la princesa Adariel, aunque con su seudónimo, pues Román seguía sin conocer su verdadera identidad— Albina, por acá. Esa habitación es una de las preferidas por el anciano Luzeum, ¿sabes?, en ocasiones deja su cuarto de palacio y viene a pasar tardes enteras mirando el horizonte y por las noches, como está alejada de las luces del palacio y la ciudad, las estrellas se alcanzan a ver con más brillo y la noche se respira más limpia.

La princesa se quedó sola en su cuarto. Al instante fue a mirar por el balcón. Román no se había equivocado en la descripción, tanto la luna y las estrellas se veían más luminosas y el aire se sentía más limpio. Por un momento pensó en lo que podría suceder si el rey Reminísteto se enterase de que ella era la princesa de Alba y Glaucia, peor aún si Gryzna también se diese cuenta. Si Gryzna pertenecía a los servidores de Kyrténebre se atrevería a intentar matarla. Aunque la idea de tener a Luzeum con ella la tranquilizaba, no importaba si era el más fuerte de los ignisórum o no, estaba a su lado y con ella.

La princesa se recostó sobre el barandal pensando e imaginando en cómo sería su vida a partir de ese momento hasta que un toque a la puerta la trajo a la realidad.

Sénex Luzeum y Adis entraron en su aposento.

—Encontré a Adis analizando cada esquina de su recámara. Me recordó mucho a su padre, todo un observador. No por nada era el mejor cazador de Glaucia.

Adis sonrió a manera de agradecimiento al compararlo con su padre.

—Aún no me has contado la historia de cómo pasó todo aquel día de desgracias.

—Lo sé, Adis, lo sé. Como siempre digo, hay tiempo para todo y el mejor tiempo para cada cosa es el que sucede cuando es preciso que suceda. Seré breve, pues creo que el momento lo amerita, aunque el tiempo esté pisándonos los talones.

El joven Adis se apresuró a servir.

—Luzeum, si me has llamado aquí con alguna misión de tu parte, —pues no sabía que Luzeum conocía la identidad de Adariel— estoy aquí, listo para cumplirla. La historia de mis padres puede esperar.

—Adis, —expresó sus sentimientos la princesa— creo que si el Sapiente Sénex Luzeum quiere contarte algo de aquellos acontecimientos es porque así será mejor. La misión a la cual te voy a enviar no será fácil. Tu vida estará en constante riesgo, más aún la libertad y el bienestar de los hombres de Ézneton dependerá en gran parte al cumplimiento de la misma. Además, —continuó— te doy permiso de tratar cualquier asunto abiertamente frente a Luzeum. Él sabe quién soy. Así que no tienes que temer a faltar a tu juramento cuando trates con él.

—Muchas gracias, princesa Adariel —Adis le respondió con una breve inclinación de cabeza.

—Como la princesa Adariel te lo ha dicho, la misión que se te pondrá en los hombros no es fácil y creo que el ejemplo de tus papás te servirá para fortalecerte.

Adis volvió a asentir con la cabeza.

—Conocí a Adeomar desde que él tenía tu edad. Miles de veces salimos de cacería. Él era el mejor de todos. A su corta edad fue nombrado Cabeza de lobos. Un título alcanzado solo por los más experimentados y diestros hombres, tanto de Glaucia como de cualquier reino. Noto que tú has heredado las cualidades de él. Te pareces muchísimo... Hubo un día, cerca del Valle de la Sirma, en que salimos a cazar, como de costumbre. Aquella jornada sería larga y cada quien decidió traer a sus familiares. Adeomar trabajó sin pausa por dos días y dos noches. Al tercer día, lo mandé de regreso para descansar. El grupo se había dividido en dos: norte y sur. Nosotros pertenecíamos a los del sur. Se dio la alerta de que unos hombres en el norte peligraban. Adeomar acababa de llegar al campamento, se enteró de la noticia y al instante marchó en ayuda de los necesitados. Los salvó a todos. Quedó severamente herido y envenenado por las garras de un grántor. Esos reptiles que se arrastran por los suelos como si fueran serpientes, aunque según algunos pertenecen a alguna especie rara de cocodrilos. No obstante, creo que fueron engendros creados bajo el poder y la malicia de Kyrténebre, como si fueran hijos bastardos y deformes de su imagen.

Mientras tanto, tu mamá Isamiel, te cuidaba en el campamento. Y como dije, aquel día parecía el día de desgracias, otro grántor llegó al campamento. Los gritos de las mujeres llenaron el lugar. Tu mamá salió espantada a ver qué era. Ella pensaba que eran malas noticias del norte. Cuando llegó al grupo de mujeres se enteró de que alguien había visto un grántor merodeando. Un bramido llamó la atención de todos los presentes. El grántor avanzaba hacia tu cuna con las fauces abiertas. Dicen que el veneno salía de su mandíbula como si fuera baba y que sus garras estaban tan putrefactas que dejaba sin vida a cualquier planta que pisaba.

—¿Qué pasó? —preguntó asombrado Adis, con la tristeza reflejada en su rostro.

—Tu mamá Isamiel, con el amor que solo una madre puede dar, corrió hacia ti. El grántor estaba ya muy cerca, así que arrancó una estaca de una de las tiendas y la arrojó a la cabeza de la alimaña. Pero el grántor siguió avanzando con el cráneo destrozado y las mandíbulas abiertas. Isamiel corrió y te empujó justo en el momento en el que el grántor cerraba sus fauces. Tú te salvaste pero su brazo quedó atrapado por los colmillos del grántor. Cuando llegué, el veneno había recorrido todo su cuerpo. Me fue imposible salvarla. Lo peor fue que en ese mismo momento, nos llegaron las malas noticias del norte: tu padre también había muerto. En honor a ellos llevas tu nombre.

—*Ad* de mi padre e *is* de mi madre —comprendió Adis. Mientras que un torrente de lágrimas cubría su rostro. Ahora ya sabía con qué honra murieron sus seres más queridos, aunque nunca los conoció.

—Una de las familias que decidió adoptarte fue de las primeras que se movieron a Alba. Es por eso que creciste como un albo y no como un glauco —terminó de explicarle.

Luzeum se paseó por el cuarto, dejando que Adis se recuperara.

—Sapiente Sénex Luzeum, ¿qué tengo que hacer? Estoy listo para lo que se me encomiende. Mi princesa Adariel, estoy aquí —dijo lleno de resolución y con los ojos aún llorosos.

—Tus padres dieron la vida por ti, para que tú llegaras a este preciso momento, en que nosotros sin saber nos encontraríamos aquí con la posibilidad de dar pasos que marcarán para siempre la historia de la tierra Ézneton.

Adariel se sentó junto a la cama y Luzeum se quedó parado frente a Adis, mirándolo directamente a los ojos.

—Como bien has escuchado, existe la profecía de un rey que vendrá y reunirá a todos los reinos para pelear en una batalla final frente a Kyrténebre. Cuenta la leyenda que todos los reinos habían puesto su poder en una piedra preciosa que estaba incrustada en una espada, cada piedra representaba a cada uno de esos reinos. En cuanto a la profecía, estás sentado frente a la mamá de aquel que será el rey de reyes.

Adis abrió sus ojos sorprendido. Aumentaron los latidos de su corazón y un sudor frío le corrió por todo el cuerpo. La profecía para muchos de los habitantes de toda Ézneton no era más que un simple cuento que se les contaba a los niños en las tardes lluviosas cuando se quedaban frente a la ventana con el chocolate caliente en una mano y una concha en la otra.

—Sé que es una noticia que incluso ahora te puede hacer dudar. Eso no es lo importante. Lo que ahora resulta trascedente es que la princesa Adariel se salve y dé a luz a su hijo. ¿O piensas que el ataque tan abrumador de parte de los enemigos a Glaucia fue coincidencia? No. Kyrténebre tenía intenciones de borrar para siempre de la faz de Ézneton a todos los habitantes de Glaucia. Lo malo es que nunca supimos cuándo lo haría y, peor aún, tampoco nos pasó por la mente que se atrevería a hacer eso después de cientos de años en los que jamás salió de su guarida.

Y lo que decía Luzeum era verdad, ya que ni los más sabios y poderosos entre los ignisórum habían imaginado que Kyrténebre daría un solo golpe con las tropas que había agrupado, crecido y fortalecido durante más de mil años dentro de su reino.

—Es por ello que la princesa Adariel se vio obligada a pedirles que profesaran el juramento de sangre.

Adis entendió la importancia del secreto, que aunque no había cuestionado a la princesa en su corazón por aquel juramento, ya que sabía que el futuro de cada reino estaba en el rey y en su linaje, y lo mejor que él podía hacer como súbdito era obedecer. Aunque con el tiempo Adis aprendería que hay ideales más firmes y más fuertes, pero no por ello los suyos eran menos válidos.

—Sé que si la princesa Adariel necesitase ayuda, catorce soldados y un general serían muy pocos para defenderla. Y con todo, hemos decidido que tú te alejes de aquí con otra misión no menos importante. Esta se trata de la piedra preciosa que representaba a Glaucia en la Espada de la Alianza y que ahora pasará a representar a Alba con su futuro rey glauco y Albo, el hijo de Adariel.

El hecho de que tuviese que seguir siendo glauco era porque si Adariel renunciaba a su linaje glauco para convertirse en princesa de Alba, Kyrténebre habría logrado su cometido y habría eliminado cualquier posibilidad de que la profecía se cumpliese. Además, el abuelo de la princesa le dijo aquella madrugada en Mankeirogps que ella era princesa de Glaucia y de Alba, confirmándole un nuevo linaje doble y único en la historia de todos los reyes. Que en el caso del rey Alancés también tenía ambos títulos, pero era rey de Glaucia por linaje y rey de Alba interino, en lo que uno de su descendencia ocupaba el trono de la ciudad del Unicornio.

—Se te dará el diamante herido para que tú lo escondas. Es una tarea muy peligrosa, ya que Kyrténebre lo estará buscando y usará sus poderes para encontrarlo. Si por cualquier casualidad él te encontrara, es mejor que estés solo y no que encuentre el diamante junto a la princesa.

Una nube sombría cruzó el pensamiento de Adis.

—No temas, —le alentó Luzeum— yo estaré en continuo contacto contigo. Sé que tu papá Adeomar era un cazador, sin embargo, tú serás ahora la presa y los súbditos de Kyrténebre serán los cazadores. Pero tú sabes cómo piensa un cazador, así que podrás escabullirte de ellos si te llegan a acorralar. Yo, Luzeum, tengo fe en que vas a lograrlo y que jamás te atraparán.

Adariel se levantó y colocó su mano en el hombro fuerte de Adis.

—Como princesa de Glaucia y Alba quiero poner esta difícil misión en tus manos y confío en ti para que la lleves a buen término. Sin embargo, como yo pude haber elegido no escapar de Glaucia, también quiero que sepas que tú tienes elección. Puedes evitarte esta tarea tan difícil y que otro la tome o puedes tomarla y cargarla sobre tus propios hombros. Eres libre. Es tu elección.

La princesa tenía presente que en Mankeirogps sus antepasados le revelaron que el futuro rey de reyes tendría que encontrar su camino él solo y que nadie le debería revelar su misión de ser el rey de reyes, por lo mismo, debía ser él mismo quien forjara su propio destino y lograr la salvación de todos los habitantes de Ézneton.

El soldado Adis pensó unos momentos y luego habló.

—Si mi princesa Adariel me ha confiado esta misión y el sapiente Sénex Luzeum me ha afirmado que yo puedo lograrlo, aunque por mi corta edad siento que no estoy preparado, y reconozco que si fallo seré terriblemente torturado para saber cómo es que el diamante herido llegó a mis manos, acepto.

La princesa no esperó más tiempo, se quitó la talega que pendía de su cuello y se la colgó a Adis.

Luzeum, por su parte, le puso la mano derecha en su hombro y le apretó con fuerza mientras le decía —lo lograrás.

Adis se despidió de Adariel y Luzeum se lo llevó a parte, le indicó cómo saldría del castillo y del reino de Rúvano, a dónde se tenía que dirigir y que por medio de su halcón blanco Viátor se estarían comunicando.

Cuando se despidió del joven, regresó con la princesa.

—Me agradó mucho que le hayas permitido elegir —le sonrió Luzeum.

—Es más fácil realizar lo que se te encarga cuando tú mismo lo aceptas, al menos, así me lo hizo entender mi padre.

—Eso no lo sabía. ¿Quieres decir que el rey Alancés jamás te dijo que tú eras la que las estrellas presagiaron el día en que tú naciste?

—Sí, me lo mencionó, pero también me dijo que igual como podía haber sido yo, las estrellas podrían haber anunciado el nacimiento de otra glauca en cualquier parte del reino o incluso, fuera del reino y que ella podría ser la madre del futuro rey de reyes. Con todo, me preparé como si yo fuese y acepté que así debía de ser. Muy en el fondo de mi corazón, siempre albergué la esperanza de que podría ser otra mujer mejor la mamá del gran rey de reyes, hasta que pasó el ataque de los gramas en Glaucia y que al entrar en la habitación de mi papá me encontré con un papiro que hablaba sobre la leyenda. En ese momento, todas mis dudas se esfumaron, aunque jamás se las revelé a alguien.

En ese momento, Luzeum sintió una fuerte brisa malévola que recorría el aire. Corrió al balcón y observó en lo alto del cielo. La princesa salió corriendo detrás de él, pero ella no vio nada, en cambio, Luzeum se había puesto bastante serio.

—¿Qué sucede?, —preguntó asustada Adariel— ¿acaso capturaron a Adis antes de que pudiera irse de aquí?

—No. En eso estamos bien aún, pero temo que esta noche no será una noche normal. El mal se está levantando en el sur. Y lo que sentí fue que... —Luzeum se quedó mirando fijamente a la princesa Adariel—. Uno de los vermórum está cerca.

En ese momento un aleteo se oyó por el cielo. Una melodía suave llegó hasta los oídos de la princesa Adariel.

—Ven, Humis, rápido —ordenó Luzeum a la paloma mensajera.

Venía un papel atado en la patita de la paloma, el sapiente la quitó y leyó. Luego envío a la paloma a descansar.

La paloma se alejó, dejando a la princesa más intrigada. Quería saber qué pasaba.

—Princesa Adariel, ya no estás a salvo.

—¿Qué pasó?

—Creo que Gryzna ha convocado a alguno de los vermórum o quizás él mismo se ha revelado. No lo sé con exactitud. Pero como sea, debes marcharte de aquí ahora mismo.

—¿Hacia dónde?

Luzeum en lugar de contestarle, le entregó un frasco con un líquido transparente y sin olor ni sabor.

—Bébete esto. Tendré que explicarte rápido y sin más tiempo que perder. Contiene un antídoto contra una planta llamada vénum. Es un narcótico cerebral. No es mortífero. También es conocido como el lenguaslocas. Desata la lengua de quien lo bebe, bloqueándole la razón, de tal forma que puedes revelar los secretos más ocultos y no te das cuenta de ello. Su efecto tarda entre unos quince a treinta minutos. Pero, con eso es suficiente para responder a todas las preguntas que se quieran. Tengo que marcharme ahora mismo, pero debo cuidarte por si te llegasen a atrapar y colocar el vénum en tu agua y desveles tu identidad, guarda el resto para tus hombres.

En ese momento, el ignisórum salió de la recámara a grandes pasos y fue en busca del general Aómal para darle indicaciones rápidas y precisas.

Después, regresó.

—No hay tiempo que perder. Sígueme princesa.

La princesa Adariel aún no sabía qué pasaba pero confiaba en el sapiente. Cuando llegaron a las escaleras para bajar al primer piso aparecieron Aómal y Armeo, ambos armados.

—Dales de beber, a Aómal y Armeo, el antídoto contra el lenguaslocas y también al resto de la comitiva —dijo el sapiente.

El general Aómal y Armeo le dieron un trago y se acercaron a la princesa.

—Por aquí, princesa Adariel.

La princesa buscó al sapiente pero ya había partido.

—Luzeum nos ha ordenado que dos hombres sean escogidos para sacarte por uno de los túneles que nos explicó. El resto de los hombres se quedará aquí y será cordial con el rey de Rúvano, pero declinarán la oferta de la unión.

—¿Por qué harán eso?—dijo la princesa.

—Luzeum ha dicho que en el momento presente no es bueno aliarse a este reino. La ambición del rey Reminísteto lo llevará a inmiscuirse en los asuntos de Alba, e incluso, se atrevería a autonombrarse como rey de Alba.

—Con lo poco que lo pudimos conocer, no lo dudo. Pero, ¿qué hará Luzeum?

—Perdón mi princesa, —se disculpó el general Aómal— desconocemos esa información. No nos dijo nada al respecto.

Y con incertidumbre los había dejado Luzeum, pues quería ir hacia donde había sentido la presencia de uno de los vermórum. Aunque tampoco sabía si estaría uno solo o se podría encontrar con más. Estaba dispuesto a hacerles frente y luchar a muerte, para darle tiempo a la princesa de que se alejara lo más que pudiese.

Aunque Luzeum salió en busca de algún vermórum jamás se imaginó que el propio Gryzna había sido el que se había revelado. Gryzna intentó comunicarle a Kyrténebre la duda que tenía sobre la joven que venía con la compañía. El gran dragón le ordenó que la vigilara, pero que se mantuviese oculto. Así que el ignisórum Luzeum no pudo encontrar rastro alguno del poder maligno que había sentido. Gryzna tenía el don de envolverse en su propia maldad y ocultarse de quien quisiera. Así que Luzeum se marchó en busca de los demás ignisórum.

Cuando la princesa Adariel, el general Aómal y Armeo llegaron con el resto de los albos, les entregaron el frasco y todos bebieron el antídoto.

—Está bien, soldados, voy a elegir a los dos hombres que acompañarán a la princesa en este viaje peligroso —dijo Aómal, pero Armeo lo interrumpió.

—General Aómal, tú debes ser uno de ellos, ya que eres el mejor hombre de todos nosotros, no por nada eres uno de los más grandes generales de Alba. Como soldado que está segundo en el mando, creo que es el momento de que tú sigas adelante y cuides a nuestra princesa Adariel, a quien le hemos jurado obediencia y a quien estamos unidos por pacto de sangre. Su vida es la más valiosa y nosotros estamos aquí para defenderla.

Los demás soldados de Alba respaldaron la idea de Armeo.

—Sí, princesa Adariel —dijo uno— permítenos quedarnos aquí y sacar de esto lo mejor para Alba. Aómal es el mejor diplomático, pero también es el mejor hombre de entre nosotros y podrá ayudarte en lo que tú necesites. Él más que ninguno de nosotros.

—Armeo deberías ser el otro que cuide a nuestra princesa. Es obvio que los dos mejores hombres deben de hacerlo. Tú eres el que le sigue al general —dijo otro de los hombres.

—Es cierto —afirmó el resto.

—Sin duda alguna, ellos ya han elegido a los mejores hombres para acompañarme, pero, ¿ustedes cómo le harán para evitar la furia del rey Reminísteto cuando vea que la comitiva se ha reducido tanto en una sola noche?

—No importa si la diplomacia nos falla y tenemos que permanecer el resto de nuestras vidas en prisión —le aseguró uno de los albos.

—Haremos lo mejor para sacar provecho para la ciudad de Alba. Ahora, la que importa es usted. Ya que es la única que nos podrá dar un rey.

Aómal entendió la urgencia del momento.

—Princesa Adariel, tenemos que partir. El rey Alancés puso su confianza en mí hace muchos años y ahora, estos soldados también la ponen en Armeo y en mí entregándonos la vida y la seguridad de nuestra princesa.

Adariel miró a los soldados de Alba y recordó la noche en que su padre le había dicho que tenía que partir y que de ella dependía la esperanza para toda Ézneton.

—Como agradecimiento los elevo al honor más grande que puede tener un soldado que ha dado la vida por su rey. Aunque este título se da cuando el soldado ha muerto, yo quiero dárselos en vida y deseo con todo mi corazón que logren idear el mejor argumento para que pronto regresen a Alba y esperen a que llegue su rey, el hijo de mis entrañas.

La princesa sacó su espada y la levantó al cielo y luego la bajó con lentitud mientras decía:

—Los nombro Caballeros Reales de Alba, la ciudad del Unicornio.

Todos los soldados quedaron sorprendidos. En la historia de los reinos, jamás se había dado este título a un soldado en vida. Todos inclinaron la cabeza en señal de respeto y admiración a su princesa Adariel.

—No tenemos palabras para agradecerte el gran honor que nos hace —habló uno de los soldados por todos y gritó— ¡no te defraudaremos!

Los demás soldados que ahora ya eran Caballeros Reales de Alba corearon también: «No te defraudaremos»

En ese momento, la princesa Adariel, inclinó su cabeza delante de los Caballeros Reales de Alba como hacían todos los reyes cuando le daban a un soldado muerto el título. Luego, envainó su espada.

Desde lo alto de una de las cuatro montañas que circundaban Rúvano, Adis observó cómo había varios ojos rojos sobre las murallas de la ciudad.

—Veo cómo los ruvaneses guardan muy bien sus murallas. Con tantas antorchas nadie puede acercarse al pie de la ciudad sin ser visto.

Aunque el sapiente le había dado la posibilidad a Adis de llevar su caballo, éste no quiso, observando que le sería más fácil no dejar rastro tras de sí, en lo que se alejaba de Rúvano y se dirigía hacia el Golfo de Croupén, al norte del reino de las Grandes Montañas. De ahí, tomaría un barco hacia las costas de la bahía Ojo de Agua y compraría un caballo, seguiría bordeando las costas hasta llegar al norte de la bahía de Farfrag. Esperaría allí hasta que Luzeum le indicase hacia dónde se debía mover o bien dirigirse al corazón de la Foresta Negra, en caso de no contactarse con él.

—Lo bueno es que la princesa Adariel y los demás estarán descansando en el castillo —pensó Adis, porque desconocía los últimos acontecimientos del palacio—. Debo seguir adelante. No puedo perder tiempo. Veamos, qué tenemos por aquí. ¿Dónde queda la torre vigía? El sapiente Sénex me dijo que la torre vigía estaría a la mitad de la montaña. ¡Ah! Ahí está. Me encantaría encontrar el túnel para atraparla. ¡Qué lástima! Hoy no puedo hacerlo. Si las cosas siguen así, quizás algún día vuelva y la torre vigía será tomada. Su punto fuerte será su desgracia. Ahora, solo tengo que tener cuidado para no caer en las trampas. No puedo caer. No, no debo caer. Soy el guardián del diamante herido. ¡Cuánta confianza ha puesto en mí la princesa Adariel! No puedo defraudarla.

Y lo que Adis tenía delante suyo era una de las torres vigía que observaban los contornos de Rúvano. El rey Reminísteto había mandado construir una torre en cada una de las cuatro montañas que circundaban Rúvano. Las torres salían de la tierra como si fuesen un promontorio en medio del mar. Sus paredes eran completamente lisas. No había manera de escalarlas ni de penetrarlas. La única manera de entrar en ellas era a través de un túnel que estaba dentro de un sótano militar dentro del palacio. Ahí estaban las entradas para las cuatro diferentes torres. Además, las torres estaban protegidas por muchísimas trampas puestas alrededor de cada una, haciendo mortal cualquier acercamiento del exterior.

Y era precisamente la gran dificultad de ocupar en un asalto una de las torres la que encendió la curiosidad a Adis de algún día tener la oportunidad de conquistarlas todas.

Mientras tanto, la princesa iba hacia el norte, acompañada del general Aómal y de Armeo, los dos mejores hombres, de la comitiva. Luzeum sabía que el rey Reminísteto tenía espías en todos los bosques y estos intentarían detenerla al ver que iban armados y andaban por el bosque sin ningún salvoconducto del rey de Rúvano. Con todo, gracias a uno de los túneles escondidos de la ciudad, la princesa y los dos albos habían salido en medio del bosque y no cerca de las murallas, ya que hubiese sido muy peligroso por la vigilancia tan acérrima con que las defendían por la noche.

—Princesa Adariel y general Aómal —susurró Armeo—. Ustedes sigan, escuché unos ruidos muy cerca. Sin duda, son espías.

—Es mejor que cabalguemos juntos. No es bueno separarnos.

—Lo entiendo, princesa Adariel, pero si no los alejo de aquí, harán alguna señal y vendrán más ruvaneses y nos atraparán —observó Armeo.

—Sí, princesa, Armeo tiene toda la razón —comentó Aómal.

—Princesa Adariel, tienen que seguir.

Armeo se alejó y se perdió en la oscuridad. Adariel y Aómal avanzaron un poco cuando escucharon las voces de varios centinelas que lanzaban una señal.

—¿Lo habrán descubierto? —preguntó la princesa preocupada por Armeo.

—Es lo más probable y conociendo a Armeo ha de haber armado tal trifulca para atraer la atención de todos los espías hacia él, permitiéndonos así escapar sin contratiempos.

Y el general no se había equivocado. Un par de espías lo habían visto, pero él ya los estaba esperando. En cuanto se le acercaron los atacó, pero uno logró gritar y dio aviso. Al poco rato, Armeo se vio rodeado de varios soldados ruvaneses. Con lo valiente que era Armeo se les enfrentó y luego emprendió la huida en sentido contrario de donde iba su princesa Adariel acompañada de Aómal.

Pronto, tuvo a un grupo entero de soldados montados persiguiéndolo. Lo que más favorecía a Armeo era su armadura oscura que le servía de camuflaje en la noche.

Armeo iba galopando a toda velocidad, cuando uno de los ruvaneses sacó su onda y logró pegarle en la cabeza. Armeo perdió el equilibrio y se estrelló con una rama baja. Pero, el mismo movimiento había hecho que su pie se enredara en la silla del caballo, así que cayó y fue arrastrado hasta llegar des mayado y desnudo a una de las aldeas de Rúvano en donde un hombre anciano lo encontró y se lo llevó a su casa para curarlo. Cuando Armeo despertó no sabía en dónde estaba ni quién era.

Por su parte, los ruvaneses lo buscaron toda la noche en el bosque pero no lo encontraron.

Esta gran acción de valentía había logrado su objetivo: la princesa Adariel y el general Aómal cabalgaron hacia el norte sin ningún percance.

XI

EN LA FONDA FUENTE

Los dos caballos avanzaban con lentitud por un grupo de calles, dentro de un pueblo al que habían llegado para pasar la noche. Ya habían pasado varios días desde su estancia en la gran ciudad de Rúvano, la de los Cuatro Picos. La princesa Adariel aún no había recibido ninguna noticia de lo sucedido con sus primeros Caballeros Reales. En su corazón tenía viva la esperanza de que siguieran con vida y que algún día serían liberados de Rúvano y vivirían el resto de sus vidas en honor y paz.

Tampoco le habían llegado noticias de Luzeum. Estaba a punto de hacérselo ver al general Aómal, cuando éste le indicó:

—Princesa Adariel, ahí está la fonda.

La princesa notó una pequeña fuente seca delante del lugar. Sobre la puerta estaba un letrero que apenas se alcanzaba a leer: «LA FUENTE».

Las letras estaban tan toscamente cinceladas que cualquiera podía adivinar que el escultor de ese letrero había sido un novato.

El pueblo a donde habían llegado estaba excavado en su totalidad en la montaña. Las casas eran pequeñas cuevas muy bien cinceladas de tal forma que daban la sensación de estar en un lugar de ensueño. El color de la piedra en ese pueblo era entre rosa y salmón. Por esa razón, todo el pueblo lucía ese color en todos lados.

Las leyendas decían que aquel pueblo había sido cincelado por un gigante a manera de diversión, quien había metido su enorme cincel entre la roca rosa y había formado de esa manera las calles; que después tomó un cincel más pequeño y le dio forma a las casas. También decían que cuando se hartó, abandonó el lugar y que los primeros habitantes habían terminado de escavar el interior de las casas y de ponerles puertas y ventanas para hacerlas habitables.

Cuando entraron, Aómal fue a buscar al dueño de la fonda, mientras que Adariel lo esperó en el comedor.

Lo que impresionó a la princesa fue que también las mesas y todos los muebles habían sido cincelados, como si el primer habitante del lugar hubiese planeado cómo iba a quedar todo y en su trabajo iba labrando cada mesa, cada asiento y cada repisa.

El comedor estaba desértico con excepción de un hombre calvo y ciego que estaba sentado en un rincón. Su nombre era Horemes Virlilio. La princesa lo saludó y a cambio recibió una respuesta cantada muy extraña.

—Elpida-Eirene es el lugar esperanzador de la paz. —y agregó en tono de quien ha escrito o cantado las últimas palabras de un relato—Con esto termina la oda cantada por Horemes Virlilio.

El hombre se levantó tomó su vara y salió tanteando el piso. La princesa no entendió esa respuesta, pero un sentimiento la incitó a sacar el mapa que le había dado su padre. Miró entre los reinos de las Grandes Montañas y de la Foresta Negra y vio un nombre muy diminuto. Cuando leyó el nombre del pueblo, cerró el mapa y salió corriendo a buscar al anciano.

No encontró a nadie. Regresó a su lugar y volvió a abrir el mapa. Elpida-Eirene era un pueblo. En ese momento supo que debía ir ahí para dar a luz al futuro rey de reyes. Ya que como había dicho el hombre viejo y ciego de nombre Horemes Virlilio: «Elpida-Eirene es el lugar esperanzador de la paz».

XII

EL NACIMIENTO DEL REY

El sol se sumergió en el horizonte. Un frío cubrió el valle de Elpida-Eirene. En lo alto del cielo, se podía ver que las estrellas se habían alineado en los cielos igual que aquel día en que se escribió la profecía sobre el firmamento y que el gran dragón Kyrténebre fue humillado. Lo contrario de este día y aquel de la profecía es que en esta ocasión en la tierra Ézneton todo era paz y tranquilidad.

Un hombre salió corriendo, dejando la puerta abierta. Desfilaba por las calles, siempre con la vista fija en las casas. Por fin, después de buscar un poco, llegó a la casa deseada, en la calle llamada la Matres. Tocó y esperó.

—¿Quién viene a despertarme a tan altas horas de la noche? —le preguntó una voz femenina.

—¡Oh, señora!, rápido, te necesito ahora mismo —le insistió él.

—¿Qué sucede? ¡Ay, tú! ¡Ya le llegó la hora!, me imagino.

—Sí, eso creo.

—Espera unos momentos, tengo que ir a traer mis instrumentos de trabajo.

La señora fue por sus tijeras, vendas, paños, telas, alcohol, entre otros. Regresó a la puerta y los dos se dirigieron apresurados hacia el lugar.

—Necesito que vayas a la casa del cafetero, él siempre tiene agua caliente. Sé que es media noche, pero él nunca me ha fallado con el agua. A menos que tú la tengas.

—No, no tengo agua caliente.

—Entonces, —le ordenó la partera— ve a donde te mando, yo me encargaré de la muchacha.

—Muy bien.

Ambos se dividieron. Aquel hombre comenzó una vez más a cruzar por el pueblo en búsqueda de la calle Tesai, en donde vivía el cafetero del pueblo.

Mientras que la matrona se dirigió a la Arný. Llegó y entró en el hogar, cerrando la puerta que el general había dejado abierta.

—¡Ábreme! —el general Aómal, que se había convertido en un labrador en el pueblo de Elpida-Eirene golpeó la puerta del cafetero.

—¿Qué necesitas a estas horas? ¿Acaso estás trabajando hasta altas horas de la noche y necesitas café? —le preguntó una voz desde dentro.

El general insistió, y el cafetero gritó: —¡Ya voy!

—Oye, —dijo en cuanto le abrió la puerta— necesito ahora mismo…

—Ahora te traigo café. Te va a costar lo doble porque es media noche.

—No quiero café. Lo que necesito, con urgencia, es agua caliente.

—¡Ah, de veras!, tu hija estaba a punto de dar a luz. ¿Cómo pude olvidarlo? Ven y ayúdame con el agua.

Por la edad del general Aómal, ambos habían decidido que él tomaría el papel de papá de Adariel.

El general sostuvo el bote, mientras el cafetero lo llenaba con agua hirviendo. Acto seguido, salió tan rápido como una liebre. Llegó jadeante a la casa y se metió, dejando la puerta abierta por segunda vez.

—¡Ay, bruto!, —le gritó la partera— cierra esa puerta que le va a hacer daño al bebé.

Cuando Aómal había llegado a la casa del cafetero en ese mismo momento la matrona había entrado a la casa y la joven madre había dado a luz a su primogénito, al que la profecía había presagiado que sería el rey de reyes y que derrotaría a Kyrténebre, trayendo paz a Ézneton.

La partera lo tomó en sus manos y lo cubrió con los paños que había traído. Adariel permaneció recostada sobre la cama y recibió a su bebé. Lo abrazó y lo cubrió de besos.

—¿Ya nació? —preguntó el general Aómal al entrar.

—Sí, ya nació —le contestó la señora.

Cuando Aómal se acercó vio que Adariel sonreía. Sus ojos brillaban con gozo. Era tanta la alegría que sentía que el corazón le palpitaba a grandes velocidades.

—Aunque llegaste tarde —continuó la mujer—, aún necesito el agua —la señora inició sus labores ordinarias de partera—. ¿Sabes, jovencita? Tú eres la primera mamá que por poco no alcanzo a ayudar. Por lo regular, siempre estoy unas horas antes, pero ya ves me avisaron en el último momento. Por supuesto, no es tu culpa, Aómal, estas cosas suceden de vez en cuando.

—¿Quién se iba a imaginar que hoy sería el día? —trató de excusarse—. Tú me dijiste que sería una semana después del solsticio de invierno, ¿no es así?

—Me entendiste mal. Lo que yo dije fue que sería entre la semana del solsticio de invierno, y así fue, exactamente tres días después.

—Lo bueno fue que todo salió bien —suspiró aliviado mirando a la princesa Adariel— ¿verdad que sí, hija?

—No le hables, déjala tranquila que abrace, sonría y bese a su niñito. Nosotros dos vamos al cuarto de al lado. ¡Adiós, bebé! Oye, Adariel, ¡qué lindo niño! Te felicito muchacha.

—Gracias por venir, señora.

—¡Oh!, no hay problema, ya ves, es mi deber ayudar a las mamás. Me gusta mi trabajo. Permíteme un momento, ahora vuelvo.

—¿Qué me tienes que explicar, matrona?

—En Elpida-Eirene, como en todos los pueblos de por aquí, existe la tradición de venir a felicitar al recién nacido.

—Desde luego, todos tienen que venir a dar la bienvenida al que ha nacido.

—Ánimo, ve e invítalos ahora mismo, ya que cuando nace un niño es una dicha para todos. Anda, sal e invítalos.

—Es la media noche —comentó— están dormidos y se van a molestar.

—Aómal, es parte de nuestra tradición. Nadie, en absoluto, se molesta cuando lo invitan a ver al que acaba de nacer. Además, ya no es la media noche, eso fue hace rato. Mira al hacia este, el sol no tardará mucho en salir.

El general salió y tocó por todas las puertas de Elpida-Eirene. En cuanto, la primera mujer se enteró de que había nacido. Pegó un grito de júbilo y alegría. Pronto, los vecinos despertaron y se pasaron la voz.

Un grupo de personas se deslizaron por entre las callejuelas de Elpida-Eirene. Entraban en la casa, felicitaban a la madre y saludaban al bienvenido. El cortejo duró hasta el amanecer. Muchos de los aldeanos trajeron pan, quesos y galletas. El cafetero llegó y regaló café a todos los presentes. En fin, cada uno trajo lo que pudo ya que todo era parte de la costumbre.

Aquel día, la princesa dejó escapar toda su alegría, consciente de que había logrado dar a luz un hijo como era su misión, a sabiendas de que ninguno de los presentes entendería la profundidad de su frase, se atrevió a recibir a cada uno de los aldeanos de Elpida-Eirene con un:

—Entren y saluden al Rey de Reyes.

CRONOLOGÍA

EDADES PRÓSPERAS:

Contiene los años de las primeras formaciones de los reinos de Frugmia, Croupén, Esponto Azul, Escagáscar, Ríomönzón, Glaucia, Rúvano, Frejrisia, Foresta Negra, Grandes Montañas, Desierto.

Los hombres no conocían el mal. También se recuerda esta época como las Edades Doradas.

EDADES NEGRAS:
LLEGADA DE KYRTÉNEBRE, EL GRAN DRAGÓN.

AÑO 414 Caída del dragón. Esto sucedió a finales del verano de aquel año.
AÑO 415 El daño de los hombres. Inician las guerras.
  ✦ 28 de enero. Propuestas de Kyrténebre a todos los presentes.
  ✦ 29 de enero. Error del hombre.
AÑO 421 Fundación del Reino Negro.
AÑO 458 Últimas fortificaciones del Reino Negro.
AÑO 463 Batalla Naval en Puerto Coto (Croupén), durante el verano de ese año.

En el otoño, hay un enfrentamiento y lucha civil en el Reino de Escagáscar.

AÑO 465 Escagáscar se divide en Escagáscar del Norte y Escagáscar del Sur.

AÑO 468 Frugmia se niega a ayudar a Escagáscar del Norte.

AÑO 500 Ríomönzón invade Glaucia durante el invierno.

AÑO 501 A inicios de la primavera el Desierto se ve atacado por Frugmia.

✦ En ese mismo año, durante el verano, Rúvano asedia Frejrisia.

✦ En el otoño, Grandes Montañas abandona el comercio con todos los demás reinos.

AÑO 656 Caída del último fuerte de Escagáscar del Norte.

✦ Inicios del otoño, Escagáscar del Sur toma posesión de todo. Vuelve a ser llamado Reino de Escagáscar.

AÑO 706 Mar Teotzlán y Rúvano entran en combate en los terrenos solitarios.

AÑO 707 Grandes Montañas se ven asediadas por Croupén.

AÑO 708 En primavera, Frugmia, sin avisar al Reino Negro, entra en lucha contra Mar Teotzlán y Rúvano.

✦ Mar Teotzlán y Rúvano concuerdan la paz entre sí y luchan contra Frugmia.

AÑO 715 Frugmia abandona los terrenos solitarios.

AÑO 805 Foresta Negra manda huestes al sur de Glaucia.

* 13 de octubre. Couprén invade Foresta Negra.

AÑO 806 Esponto Azul entra en combate a favor de Foresta Negra.

* 15 de julio. logran hacer retroceder a Couprén hasta sus propios territorios.

AÑO 807 * 15 de septiembre. Fundación de la gran Mankeirogps.

AÑO 834 Mar Teotzlán ataca Ríomönzón.

AÑO 835 Expulsión de ríomönzonitas de Glaucia durante la primavera.

* En el invierno, Escagáscar ataca a Glaucia.

AÑO 836 Terror en toda la Tierra. Guerras y guerrillas por doquier.

AÑO 1002 Glaucia se enfrenta al Reino Negro.

AÑO 1006 Rúvano manda ayuda a Glaucia.

AÑO 1071 Ríomönzón invade Rúvano.

EDADES DE LA ALIANZA

AÑO 1518 * 1 de enero. Glaucia propone la unidad a Rúvano. Éste acepta.

* 10 de enero. Frejrisia se une a la idea de Glaucia.

* 9 de marzo. La alianza abraza al reino de la Foresta Negra.

* 21 de abril. El Desierto se adhiere a la propuesta de Glaucia.

* 20 de mayo. La coalición llega hasta los territorios del Mar Teotzlán.

• 1 de junio. Las Grandes Montañas se alían a la federación.

• 22 de julio. Todos los reyes se reúnen a orillas del lago Verde y unen las siete piedras preciosas en una de las ocho espadas giraldas.

EDADES TURBIAS

AÑO 3000 • 1 de septiembre de 2003. El traidor separa las piedras preciosas.

Hasta aquí la línea del Antes que se extiende hasta los años 2025 en los que cada uno de los reinos se fue separando de la alianza. Cada quien tomó su piedra y la escondió en su propio reino. Algunos dejaron pistas en dónde encontrar las piedras; otros, sin embargo, no. El Después comienza con la primera gran guerra que se desencadena después de la paz alcanzada por la Alianza.

EDADES DESOLADAS

AÑO 2027 Prácticamente todos los reinos se cierran sobre sí mismos evitando el comercio y el trato con los demás reinos. Existe una aparente paz pero se respira un profundo miedo.

EDADES DE ADVENIMIENTO

AÑO 3000 ✦ 28 de abril. Destrucción de Glaucia.

La espada de la alianza de Francisco Rodrñiguez Arana
se terminó de imprimir y encuadernar en diciembre de 2015
en Programas Educativos, s. a. de c. v.
Calz. Chabacano 65-a, Asturias DF-06850, México

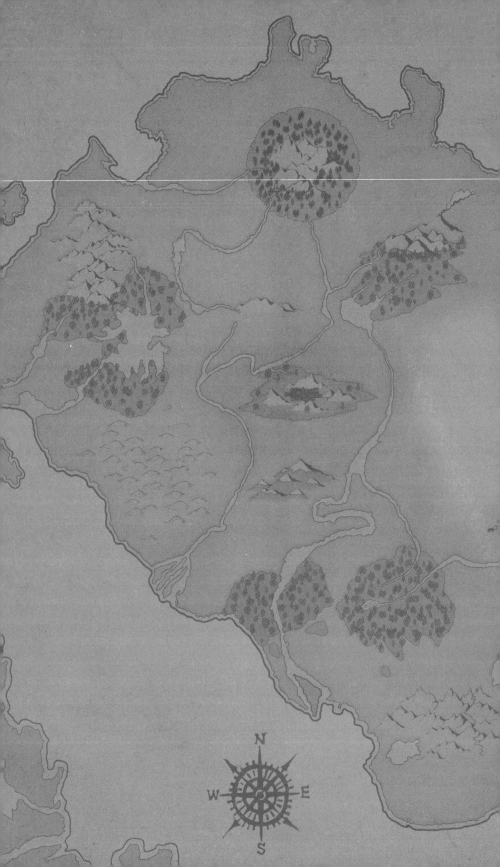